子育て男子はキラキラ王子に愛される

「キスとかしたいと思いますか？」

「はあ!?」

　驚きのあまり声がひっくり返る。

「俺はしたいです」

　面食らっていたら、当たり前のように唇を押し当てられた。

子《こ》育《そだ》て男《だん》子《し》はキラキラ王《おう》子《じ》に愛《あい》される

藤《ふじ》崎《さき》 都《みやこ》

ILLUSTRATION：円《まる》之《の》屋《や》穂《ほ》積《づみ》

子育て男子はキラキラ王子に愛される

LYNX ROMANCE

CONTENTS

子育て男子は
キラキラ王子に愛される

1

「くそ、牛乳買い忘れた」

会社帰りに駅ビルの地下食品街で買い物を終えた巽《たつみ》恭平《きょうへい》は、外に出たところで買い忘れに気づいて悪態をついた。

牛乳一本のために戻るかどうか逡巡《しゅんじゅん》していたら、びくびくと怯《おび》えた様子で女性客が巽の横を通り抜けていった。

（……そんなに怖い顔してたか？）

巽は黙っていると近寄りがたいと云《い》われる三白眼気味の強面《こわもて》で、百八十センチを超える身長も威圧感を与えてしまう。

怖がられることには慣れているけれど、傷つかないわけではない。引き返す気力は失《う》せてしまった。

牛乳は少々高くなるけれど、お迎えのあとにコンビニで買えばいいだけのことだ。

巽は中堅飲料メーカーで働く営業マンだ。新卒で入社して、今年で六年目になる。

怖い顔と長身のせいで取り引き先の新規開拓は苦手だけれど、すぐ顔を覚えてもらえる点では有利だし、小学校から大学までの野球漬けの毎日で鍛えられた体格と体力は重宝されている。

（……そろそろ時間だな）

駅構内の時計で時刻を確認し、足を止める。いつもどおりなら、彼が帰ってくる時間だ。巽はさりげなさを装って、改札のほうへと目を向けた。

電車から降りてきた乗客の波に混じって、一際目を引く眉目秀麗な男が現れた。

否応《いやおう》なく心臓の鼓動は高鳴り、緊張で呼吸も浅くなる。日が暮れかけ、街が薄暮《はくぼ》に染まる中、彼がいるところだけはやけに鮮やかに目に映《うつ》る。

彼は駅の外へ向かう流れには乗らず、改札の前でおろおろとしている高齢の女性に話しかけた。その女性はどうやら迷っていたらしく、声をかけられほっとした様子を見せていた。

キラキラと王子様然としたその横顔は夕陽に照らされ、まるで映画のワンシーンのようだ。

「くそ、今日もいい男だな」

思わずそんな呟《つぶや》きが零《こぼ》れてしまう。

巽が見入っているのは、同じ会社の一年後輩に当たる九条祐仁《くじょうゆうじん》だ。

後輩といっても彼は広報部に所属しているため、営業部の巽とは大規模なキャンペーン以外ではほぼ接点がない。

日本人の父親とイギリス人の母親の元に生まれたらしく、彫りの深い甘い顔立ちをしている。色素の薄い茶色の髪と紅茶色の瞳がその美貌をより一層甘くしていた。

誕生日は七月七日の七夕の日で、血液型はB型、身長は巽より二センチ高い百八十三センチ。靴のサイズは巽と同じ二十七センチらしい。

手足が長くスタイル抜群で、すれ違う人がほぼ全員振り返る。その容姿から自社のＣＭに出たこともあり、業界では〝イケメン広報〟として顔が売れているほどだ。

突出しているのは容姿だけでなく、仕事ができて人当たりもいい。上役の覚えもめでたく、若手の中では一番の出世株だと云われている。

その上、家柄もいいなんて神様は本当に不公平だ。祖父は老舗《しにせ》企業の会長、父もそこの取締役だそうだ。九条もそのうち幹部候補として呼び戻されるのかもしれない。

真偽はわからないが、社内にファンクラブがあるという噂《うわさ》もあるほどだ。好きな食べ物は卵焼きで、趣味は映画鑑賞と料理だと女子社員が話しているのを耳にしたことがある。

一昨年《おととし》、年上の同僚女性と電撃入籍をしたときは、社内がまるでお通夜のようだった。

九条のファンの女性社員たちは、彼が自分のものにならないことはわかっていながら、誰かのものになってしまったことにショックを受けていた。

その後、離婚してからは合コンの誘いがひっきりなしにあるらしいけれど、いまはそんな気になれないと片っ端から断っていると聞く。

そんな彼を何故《なぜ》こんなふうに見つめているかというと、巽も彼に心を奪われた一人だからだ。この気持ちに名前をつけるなら、『恋』としか云いようがないだろう。

(別にあいつに抱かれることなんて夢見てるわけじゃないけど……)

高望みをするつもりはない。彼はヘテロだし、もしゲイだったとしても巽のような人間を選ぶとは思えない。身の丈は自分が一番よくわかっている。

こうして彼の姿を目にできるだけで幸せだ。願わくば、ずっと気づかれずに彼を見つめていられればそれでいい。

巽はさりげなく胸元からスマホを取り出し、メールを確認するふりでカメラアプリを起ち上げる。会社の人間が知らない彼のプライベートな一面を写真に収めたかったのだ。

罪悪感を覚えながらシャッターを切る。自分のスマホの画面に切り取った九条の笑顔に嬉《うれ》しくなる。

九条が女性を交番に送り届けるのをそっと見送ってから、巽もその場を離れた。

「ストーカーもいいとこだよな……」

いつもの道を歩きながら、ため息交じりに呟く。こんなことをしているとバレたら気持ち悪がられるに決まっている。はっきり云って犯罪行為だ。

九条本人はもちろん、他の誰にも知られないよう気をつけなければならない。ストーキングが露呈したら、社会的に終わってしまう。

(……気をつけてたんだけどな)

最新の注意を払っていたつもりだったのだが、この世には巽の気持ちを知っている人間がただ一人だけ存在する。


「きょうはおはなしできた？」

「そうそう簡単に話ができる相手じゃないんだよ。会議がなかったから顔を合わせることもなかったしな」

「そっかあ……」

迎えにいった保育園からの帰り道、嬉々《きき》として問いかけてきたのは、甥《おい》である五歳の涼太《りょうた》だ。彼こそが巽の恋心を知る唯一の人間だ。

「けど、涼太を迎えにくる前に駅で見かけた」

「ほんとに？　よかったね！　もっとなかよくなれるといいね」

「……そうだな」

親しくなりたいだなんて高望みをするつもりもないし、期待もしていない。

進展など微塵《みじん》も期待していないけれど、自分のことのように一喜一憂してくれる涼太にはずいぶんと癒《い》やされていた。

「きょーへー、きょうのごはんなに？」

「肉じゃがのつもりだけどそれでいいか？」

「うん、にくじゃがすき！」

現在、巽は涼太と二人で暮らしている。巽の両親はすでに亡く、シングルマザーの姉も事故で亡くしたいま、血縁はお互いだけになった。

（あれからもう二年か……）

たった二年前のことだが、もっと遠い昔のことのように思える。

姉が事故に遭ったという一報を受けたのは、退勤する直前のことだった。

その日はうんざりするような猛暑で、同僚と帰りにビアガーデンに行こうと話をしていたことをよく覚えている。

同僚に急《せ》かされるようにタクシーに乗り、病院に向かった。巽が着いたときには姉の意識はもうなく、つき添ってくれていた姉の上司から伝言を伝えられた。

『涼太をお願い』

その言葉に我に返った巽は、保育園へと涼太を迎えにいった。お利口に待っていた涼太に、母親のことをどう伝えるか苦心したことを覚えている。

巽たち姉弟にはすでに両親は亡く、連絡を取り合うような親戚もいなかった。姉もシングルマザーで父親については名前すら教えてもらえなかった。

それまで姉に頼まれて時折涼太の面倒を見ることはあったけれど、これから一人で彼を養っていくのかと思うと不安で仕方がなかった。

だが、巽以上に不安だったのは涼太のほうだろう。

最初のうちは母親を恋しがって毎日泣いていたけれど、不器用な巽が必死になっているのを見て何かを察したのか、そのうちに泣き言を云わなくなった。

あの日から、悠々自適な独身の生活は一変し、甥っ子中心の毎日になった。

自分のアパートを引き払い、姉の暮らしていたマンションへと引っ越した。営業職だというのに定時で帰り、接待の飲み会もパスさせてもらっている。

独身の二十代が子供を育てるのは荷が重かったけれど、幸いなことに会社も理解を示してくれ、協力してくれる上司や同僚が多くいたお陰で、勤務に融通を利かせてもらっている。

「あっ、涼太！　途中でコンビニ寄っていいか？　牛乳買い忘れたんだ」

「いいよ。おれがかってくるよ。きょーへーにもつおもたいでしょ」

「じゃあ、頼むな」

子育ては想像以上に目まぐるしいものだった。自分の要領の悪さがもどかしいときもある。

追い立てられるような毎日の中、巽にとって九条の存在は励みのようなものだ。彼が頑張《がんば》っているのだから、自分も頑張ろう。そんなふうに思えるのだ。

2

「巽戻りましたー」

外回りから営業部のフロアに戻り、ホワイトボードのネームを裏返す。

昼食をすませたら、また得意先に行く予定だ。家庭の事情で残業ができないぶん、勤務中はフットワーク軽く動くようにしていた。

「おい、騒がしいけど何かあったのか？」

社内が妙に浮き足立っている。

朝はいつもどおりだったように思うのだが、いまはどこもざわざわとしていて仕事に集中できるような雰囲気ではなかった。

事情を把握しようと隣の席の青井《あおい》に声をかける。青井はやけに耳が早く社内の噂話に詳しいため、こういうとき頼りになる。

「お前、まだ聞いてないのか？　あの九条がセクハラしたって上の人たちに会議室に呼び出されてるんだと」

「九条がセクハラ!?」

何気なく訊《き》いた問いの答えに、巽は衝撃を受け大きな声が出てしまった。

「セクハラっていうか、その、無理やり乱暴しようとしたらしい」

「あいつがそんなことするわけないだろ！」

青井は声を潜めて教えてくれたが、衝撃のあまり大きな声を出してしまった。

「そりゃ、俺も信じたいけど……何か証拠があるんだってさ」

「証拠って何だよ……。そもそも、何でこんな話が社内に回ってるんだ？」

デリケートな問題であるため、本来なら内々に聞き取りを行うはずだが、何故詳細が社内中に伝わってしまっているのかが気になった。

「そのセクハラの被害者ってのが広報の沢井《さわい》さんでさ、〝事件〟の詳細を他の社員にメールしてきてるんだ──」

「沢井さん本人が？」

沢井は九条と同じ広報部の社員だ。普段は物静かだが、上司に対しても物怖《ものお》じせずに自分の主張ができるタイプできびきびとした仕事ぶりが印象的な女性だ。

「こういう話はあんまり大っぴらにはできないんだけど、メールが同報で何人にも送られてきてるみたいなんだ。しかも加害者があの九条だろ？　話が広まらないわけないよな……」

性的な被害は当人に落ち度がなくとも、知られたがらない人のほうが多いだろう。それをわざわざ大勢に知らせたのは、なあなあに収められてしまうことを恐れたためだろうか。

沢井からのメール曰《いわ》く、九条に相談があると云われてカラオケボックスに呼び出され出向いたところ、無理やり襲われそうになったらしい。

一人で呼び出されることに不安を覚えた沢井は、定期的に上司の新谷《しんたに》にメールを送って報告をしていたとのことで、すんでのところで逃げ出してきたため、幸いにも未遂ですんだという話だった。

「それっていつの話だ？」

「そのメールによると、昨日のことだってさ。退社してすぐだとか」

「退社してすぐ――」

尤《もっと》もらしい話で九条のことを知らなければ鵜呑《うの》みにしていただろうが、彼が無実であることは巽にはわかっている。

（昨日のその時間は俺が九条をストーキングしてたからな……）

そのとき、写真も撮った。自分なら彼のアリバイを証明できるはずだ。密室内のことなら第三者にはどうしようもないけれど、その場にいなければ犯行を行うことはできない。

「――ちょっと行ってくる」

「は？　どこにだよ」

「九条の冤罪《えんざい》を晴らしに決まってるだろ！」

巽はスマホを握りしめ、九条が呼び出されているという会議室へと急いだ。


「失礼します！」

巽は深呼吸をしたあと、上役の揃《そろ》った会議室に乗り込んだ。

「え、巽さん？」

「何なんだ、巽。お前のことは呼んでないぞ」

張り詰めた空気の会議室には広報部の九条に新谷、人事部長、広報部長、総務部長たちが勢揃いしていた。

突然現れた巽に、九条だけでなくそこにいた面々も面食らっている。集まる視線に緊張が増すが、こんなところで怯《ひる》んでいる場合ではない。

九条の顔も、いまは不安に曇っている。巽はその表情に奮い立ち、決意を新たにした。

巽は一人立たされている九条の隣に並び、緊張を呑《の》み込みながら切り出した。

「突然すみません、営業部の巽です。私の話を聞いてもらえないでしょうか？」

「何を考えてるんだ⁉　いまはデリケートな話をしているんだぞ。部外者は早く出ていけ！」

「九条くんの今後に関わる大事な話なんです！」

「……っ」

この場を仕切っているのは九条の直属の上司である広報部チーフの新谷のようだ。

巽を追い出そうとする新谷に詰め寄るように訴えると、怯えた様子で顔を引き攣《つ》らせた。こういうときは自他共に認める強面のこの顔が役に立つ。

当の九条は巽の登場に戸惑いの表情を浮かべているが、それも当然だろう。

普段は顔見知りとして軽い挨拶を交わす程度の関係だ。仕事帰りに一緒に飲みにいったこともなければ、メールアドレスもＳＮＳのＩＤも知らない。

（一方的にはよく知ってるけどな）

「とにかく、部外者は出ていきたまえ！」

「待ちなさい、新谷くん。巽くん、話というのは九条くんに関係ある内容なのか？」

新谷に追い出されそうなところを、顔馴染《なじ》みの広報部長が助け船を出してくれる。巽は発言の機会を与えられたことに、ほっと胸を撫《な》で下ろした。

彼らも九条がそんなことをしでかしたなどとは、俄《にわか》には信じられないようだ。だからこそ、こうして聞き取りを行っているのだろう。

「はい。九条が暴行しようとしたと疑われているようですが、彼はそんなことをする人間ではありません。無実だということを証明できます」

本当に犯行に及んだのだとしたら、潔く反省して罪を償うべきだ。人として最低最悪の行為で、万死に値する。

しかし、巽は九条が潔白であることを知っている。彼は絶対に犯人ではないのだ。

「何を云ってるんだ？　人柄だけで擁護できるような事案ではないんだぞ！」

即座に新谷から横槍《よこやり》が入る。

「ですから――」

五分、いや一分でもいい。時間をもらえれば、九条の潔白を証明できる。

「この件には被害者がいるんだ。彼女の気持ちを考えた上でそんな発言ができるのか？　早く出ていって頭を冷やしてこい！」

「新谷くん。沢井くんはどうしたいと云っているのかね」

「彼女は可能なら内々に収めたいと云っています。九条、君が罪を認めて、自主的に辞職すれば示談ですませてくれるそうだ」

新谷の口調は神妙だが、云っていることは一方的だ。九条が無実だということを知っているからこそ、余計に理不尽な提案に思えるのかもしれない。

「ちょっと待って下さい。認めるも何も、私は何もしてません」

「まだしらばっくれるつもりか？」

「やってもいないことを認めろって云うんですか？」

「往生際が悪いぞ、九条！」

新谷は頭に血が上っているのか、九条の弁明を聞こうともしない。見るに見かねて、巽は強引に口を挟んだ。

「新谷さん、九条は本当に無実なんです」

「そうか！　お前、巽ともグルなんだろう？　まずい立場になったから、偽証して助けてもらおうって腹なんだな」

「そんなわけ——」

新谷は巽に口を挟ませたくないようで、立て板に水とばかりにまくし立てる。

「だが、残念だったな！　証拠ならここにある」

新谷が見せてきたのは、沢井からのメッセージのプリントアウトだった。

18:12、18:25、18:47、といったようにリアルタイムで起こったことを報告してきている。しかも、『駅で落ち合いました』『これからカラオケボックスに入ります』『逃げてきました』などと臨場感に迫っている。

合間には新谷の返答もあることから、実際にやりとりされた内容を刷り出したものなのだろう。

「沢井くんも不安だったのか、社を出るときに私に相談してきたんだ。九条に相談があるといって呼び出されてるとね。君は信頼できる男だからと云った昨日の自分を後悔したよ。警察に突き出される前に自ら退職願いを書きたまえ。そうすれば表沙汰にはしないと沢井くんも云っている」

滔滔《とうとう》と語る新谷に対して、九条も冷静に反論する。

「私は沢井さんを呼び出していません。少なくとも、その時間には一緒にいませんでした。彼女がそんなことを云った理由はわかりませんが、私は本当に何もしてないんです」

「なら、沢井が嘘《うそ》をついているっていうのか？　女性がこういう話を相談することがどれだけ辛《つら》いことか、君たちにはわからないのか⁉」

九条の反論に、新谷は激高する。感情的になられると、話し合いも難しくなる。

「いや、そういう話をしているわけでは……」

こういうデリケートな案件は無罪の証明が難しい。悪魔の証明とまではいかないが、疑われている人間が如何《いか》に自己弁論を繰り広げても無駄だ。それでも反論をしなければ、疑いが事実として認定されかねない。

「新谷さん。このメッセージがリアルタイムだとしたら、彼女が被害に遭ったのは十八時半前後ということになりますね」

「ああ、そうだ。その時間には九条はすでに退社していた」

新谷がはっきりと認めたことで、九条の無実をより強く確信した。沢井が被害に遭った時間を明確にしてくれたお陰でアリバイ証明が容易になった。

巽が隠し撮りした写真を見せれば一発だろう。しかし、問題は自分のストーカー行為もバレてしまうということだ。

(俺のこの会社での社会人生命は終わりかもな……)

躊躇《ためら》いがないというわけではないけれど、自分の保身のために見て見ぬふりはできない。

「この写真を見て下さい。昨日の十八時半ですが、彼はお年寄りの道案内をしていました。これがその証拠写真です」

そう云って、巽はスマホの画面を提示した。そこには高齢の女性の手を引いている九条の姿が写っており、部長たちの間にも回された。時間は十八時二十三分。沢井からのメッセージの時間と完全に被《かぶ》っている。

「た、他人の空似じゃないのか？」

新谷の語気が幾分弱まった。まさか、アリバイが出てくるとは思いもしなかったという様子だ。

「お言葉ですが、九条みたいな顔の人間がそこらへんにいると思いますか？」

「それもそうだな。九条、これは本当に昨日のことなのか？」

広報部長は巽の言葉に納得し、九条自身に写真のことを確認する。

「ええ。その女性ですが、確かに昨日私が案内しました。約束をしていたお孫さんが待ち合わせの場所に現れず携帯電話も充電が切れてしまったと困っていたので、一先《ひとま》ず近くの交番に案内して私が代わりに連絡を取ったんです。お孫さんは駅の反対側の改札で待っていたようで、そのせいですれ違ってしまったようでした」

「な、なるほどな。九条が道案内をしたのはわかったが、これが昨日の写真だとどう証明するんだ。写真の時間の偽造くらいどうとでもなるだろう」

疑わしく思う気持ちは理解できなくもないが、新谷に証拠の捏造を疑われてカチンときた。

「私がそんな卑怯《ひきょう》な真似《まね》したって云うんですか？　そもそも私にそんなことできませんよ」

「誰かに頼めば可能だろう？」

ＩＴ技術に明るくない巽には無理な芸当だが、詳しい人間なら日付の偽造や写真の合成くらいお手のものなのかもしれない。だが、誓ってそんなことはしていない。

「後ろのフラワーショップの看板を見て下さい。日付が書かれているでしょう？」

「が、画像自体を弄《いじ》ってないとどう証明するんだ！　仮にこれが偽造じゃないとしても、時間ははっきりしないじゃないか。沢井くんを呼び出す前のことではないとどうして云い切れるんだ？」

巽の証言をどうしても信じたくないのか、イライラとした様子で新谷は爪先で繰り返し机を叩《たた》いている。

「私の話が信用ならないって云うなら、このお年寄りを案内した交番に訊《たず》ねてみて下さい。警察官に証明してもらえば信頼性も高いですし、交番には防犯カメラが設置されているでしょうから」

「……っ」

新谷は巽の説明に反論の言葉が出てこないようで、悔しそうな表情で押し黙る。彼の様子とは裏腹に、九条の潔白が証明されたことで室内には安堵《あんど》の空気が広がった。

「冷静になりたまえ、新谷くん。その時間に交番にいたと云うなら、九条は犯人ではないんだろう。無実だとわかってよかったじゃないか」

ほっとした様子の人事部長の隣で、広報部長が困った顔をしていた。

「その交番には話を聞きにいくとして、そうなると沢井くんの件はどうなるのかね？」

被害者である沢井が訴えた加害者が加害者ではなかったのだ。こうなってしまうと、怒りの矛先がない状態だ。

「まさか、狂言だったわけじゃないだろうね」

「そ、そんなわけないでしょう！　彼女にどんなメリットがあるっていうんですか!?　きっと何か理由があるんですよ」

訝《いぶか》しむ部長たちの言葉を、新谷が必死に否定する。

「一体、どんな理由かね？」

釈然としない様子の部長たちの会話に巽が口を挟む。

「沢井さんが被害に遭ったこと自体、憂慮すべき事実だということに代わりはありません。問題は真犯人が誰かということです」

「しかし、沢井くんは何故九条くんの名前を出したんだ？」

それは巽も一番気になるところだ。だが、本人がこの場にいない以上、真実の追及は難しい。黙り込んだ新谷の代わりに考えられる可能性をいくつか挙げてみることにした。

「想像するしかありませんが、名前の書き間違いなどではないでしょうか？　気が動転していたら無意識に間違ってしまうこともあるでしょうし」

「そういうこともなくはないか……」

巽の挙げた仮定に、一同考え込む。九条の潔白の後押しになればと、推理を重ねた。

「もしくは誰かが九条の名前を騙《かた》って呼び出したという可能性はないですか？　疑わしい気持ちがあったから新谷さんに相談したのかもしれませんし、九条と会う前提で相談したために相手が別人だったと云い出せなくなってしまったということはないですか？」

「なるほど、その可能性は高いな。改めて彼女に確認してみよう」

「よろしくお願いします」

巽は深く頭を下げる。

「しかし、誤解だとわかってよかったな。九条くんはそんなことをするような人間じゃないと私は信じていたよ」

「時間を取らせてしまって申し訳なかった」

部長たちはあからさまにほっとしている。目をかけていた九条の潔白が証明されたことに胸を撫で下ろしているのだろう。

「いえ、部長たちは信じてくれると思っていました」

仕事を失うどころか社会的に終わる可能性があったにも拘《かかわ》らず、九条は鷹揚《おうよう》に微笑《ほほえ》んだ。自分が同じ立場にあったら、こんなふうに許すことができただろうか。

「私のことより、沢井さんのフォローをお願いします。きっと、ショックで気が動転しているでしょうから」

「そうだな、沢井くんのことは心配だな……」

一旦は明るい表情になった広報部長の顔が再び暗くなる。九条の冤罪は晴れたといっても、大元の事件は何も解決していない。

「異性には話しにくいこともあるだろうからな、聞き取りは女性社員にお願いしたほうがいいんじゃないか？」

「え？」

人事部長の提案に新谷は微《かす》かに動揺しているように見えた。

「その件は人事のほうで手配しよう。コンプライアンス部門の担当に相談しておく」

「いえ！　手を煩《わずら》わせるのも申し訳ないので私のほうで……」

「もうこの件は会社の問題だ。部下のことで心配なのはわかるが、君一人で抱え込まなくてもいいんだよ」

「……わかりました」

何か云いたげな様子だったけれど、新谷は部長たちからの説得に応じる。その不機嫌さをぶつけるように、巽たちを追い払いにかかった。

「それじゃ、お前らは戻っていいぞ」

結果的に冤罪で九条を責め立てたことになる。その気まずさから、早く九条を厄介払いしたいのかもしれない。巽も早くこの場を立ち去りたかったけれど、まだ大事な話が残っていた。

「新谷さん、もう一ついいですか？」

「何だ？　もう九条の疑いは晴れたんだから、さっさと仕事に戻れ」

鬱陶《うっとう》しそうにしっしっと云わんばかりに手を振ってくる。

「戻っても仕事ができるような雰囲気ではないと思います。この件はすでに社内中で噂になっていますので、みんなの前で勘違いだったことを話していただけますか？　九条が婦女暴行を働こうとしたと誤解されたままでは、今後の仕事にも支障が出ますので」

冤罪が晴れたとしても、広まった不名誉な噂を訂正するのは難しい。とくに沢井のことを考えたら、九条の口から詳しい話はできないだろう。言葉を濁せば濁すほど、九条の立場は悪くなってしまいかねない。

「ふざけるな！　どうして俺がそんなこと――」

「確かにそうだな。新谷くん、みんなへの説明を頼めるか？」

広報部長の言葉に、新谷は悔しそうに押し黙る。

「……わかりました。私から説明をさせていただきます」

「頼んだよ、新谷くん」

新谷は苦虫を嚙《か》み潰した顔で巽の提案を呑んだのだった。

「ありがとうございます、巽さん。お陰で助かりました」

その日の午後、改めて完璧すぎる爽やかな笑顔で礼を告《つ》げられ、巽はその眩《まぶ》しさに思わず目を細めてしまった。

「────」

「巽さん？」

「あ、いや、俺は何も……」

文句のつけどころのない完璧すぎる容貌を正視しながら言葉を交わすことなどできず、巽は目を逸《そ》らす。

（……至近距離はヤバいだろ）

緊張で呼吸が浅くなり、手の平に汗を掻《か》いてきた。煌々《きらきら》しい美形は遠目に鑑賞するべきだと再認識する。

「あっ、座ってて下さい」

「あ、ああ」

促されるがままに、自動販売機の隣のベンチに腰を下ろす。

（何でこんなことになったんだ……？）

袋小路《ふくろこうじ》になっている休憩ルームで九条と二人きりという状況に、会議室に乗り込んだとき以上に緊張していた。

昼休み、食事をすませて社員食堂から出てきたところで九条に捕まってしまった。

仕事が溜《た》まっているからと云って立ち去ろうとしたけれど、こんなところでは何なのでとさりげなく休憩ルームに誘導された。九条の物腰の柔らかな強引さは拒みづらく、逃げるタイミングを逸してしまったのだ。

実のところ、彼とまともに話をするのはこれが初めてだ。心臓の音が聞こえてしまうのではと心配になるくらい、胸は早鐘を打っている。

「よかったらどうぞ」

「あ、ああ」

九条は慣れた様子でコーヒーを差し出してきた。

受け取る瞬間、指先が一瞬触れる。そんなささやかな接触にすらドキリとしてしまう。

「そうだ、コーヒー代を……！」

小銭がないかとポケットの中を探ると、九条が小さく噴き出した。

「何云ってるんですか、社内のは無料ですよ」

「あっ、そ、そうだったな」

そそっかしさを指摘され、羞恥でカーッと顔が熱くなる。社内に置かれている自動販売機に入っているのは自社製品のみで、社員には無料で提供されている。

（九条からコーヒーをもらってしまった……）

カップの中の黒い水面を感慨深く見つめてしまう。好きな人からもらったコーヒーだと思うと、飲んでしまうのは勿体《もったい》なく思えた。

キャンペーンのときなどに挨拶を交わすのが精々で、打ち上げでも近くに座れたことのない九条といまこうして言葉を交わして、（無料だが）コーヒーまでもらってしまった。

まさに奇跡のようなシチュエーションだ。

（いや、待てよ）

人生、そんないいことが簡単に起こるわけがない。もしかしたら、九条は巽の撮ったあの写真について追及する気なのかもしれない。

幸いなことに、部長たちはあの写真が撮られた状況についてまでは意識がいかなかったようだが、撮られている当人なら気になって当然だ。

さっきは何も云ってこなかったけれど、内心では違和感を覚えていたのかもしれない。

「巽さん、猫舌なんですか？」

「え？」

「全然口をつけてないじゃないですか」

「あっ、ああ、実はそうなんだ……」

判決を云い渡される罪人の気持ちで覚悟を決めていたなどと云えるわけもなく、曖昧に肯定する。

「冷たいのにしておけばよかったですね、すみません」

「いいんだ、熱いのが飲みたかったから大丈夫だ」

気を遣わせてしまったことを反省する。厚意をすんなりと受け取るにも経験がいるようだ。

このまま飲まずにいると不審に思われかねない。緊張に震える手をもう一方の手で抑え込みながら一口啜《すす》る。

普段から飲んでいる自動販売機の自社製コーヒーだが、今日は全然味がわからなかった。

「隣、失礼しますね」

「……っ」

九条も自分のぶんのコーヒーを手に巽の隣に腰を下ろしたのだが、肘《ひじ》が触れる距離に思わず息を呑む。さりげなく尻をずらして離れようとしたのに、九条は巽のほうへと寄ってくる。

(ち、近い……)

九条はパーソナルスペースが狭いタイプのようで、容赦なく距離を詰めてくる。目立たないよう離れようとするけれど、もう退路が残っていない。

肘が触れているだけでも大事件だというのに、九条は下から覗《のぞ》き込むようにして巽の顔を見つめてきた。

「こうやって巽さんと話をするのは初めてですね。仕事でお世話になることも多いのに」

「お、お前の周りには人が多いからな」

動揺を顔に出さないよう、表情筋に力を入れる。平常心など程遠いけれど、努めて冷静なふうを装った。こういうときも、この強面の顔は役に立つ。

「すみません、騒がしくて」

「それは九条のせいじゃないだろう」

九条の周りが賑《にぎ》やかなのは、彼に引き寄せられる人々のせいだ。黙っていれば近寄りがたいほどの美形だが、人好きする雰囲気も持っている。人々の中心にいるべく生まれてきたような存在だ。

「何ていうか、巽さんて思ってたイメージと違ってました」

「そ、そうか？」

どんな印象を持たれていたかも気になるが、それ以前に九条が印象を持つくらい自分のことを認識していたという事実に死にそうになる。

「巽さんが真面目《まじめ》で誠実なのは知ってましたけど、親しくもない俺のためにわざわざあんなふうに口添えしてくれるなんて、いい人すぎますよね」

手放しで感謝されると、罪悪感が余計に募る。下心があったわけではないけれど、個人的な気持ちからの行動で完全なる善意ではない。

冷静になると、とんでもないことをしたと冷や汗が出てくる。よく考えなくても、出すぎた行為だ。友人でもない九条のためにあんな行動に出るなんて、下心を疑われてもおかしくないのではと悪いほうへ考えてしまう。

「……困ってるやつがいたら助けるのは当然だし、俺は事実を伝えただけだ」

カッコつけたいわけではないけれど、余計なことを云って墓穴を掘らないようにすることで精一杯だった。

「その当然なことって、普通はなかなかできないですよ。あの場に乗り込んできてくれたことが嬉しかったです」

「――――」

九条のキラキラした輝くような笑顔とまっすぐな感謝が、擽《くすぐ》ったくも後ろめたくもあった。素直にどういたしましてと云えない自分が情けない。

写真の件について、九条はなかなか切り出してこない。

(もしかして、褒め殺しで罪悪感を煽《あお》ってるのか!?)

いっそ糾弾されたほうが気が楽だ。そんな巽の気持ちを見抜いて、プレッシャーをかけているのだろうか。

「いまだから云えるんですが、俺、巽さんには嫌われてると思ってたから」

「別に嫌うも何も、ただの同僚だろう?」

「何というか、睨《にら》まれてるような気がして」

九条の言葉にギクリとする。それは睨んでいたのではなく、見つめていただけだ。悲しい誤解ではあるが、好意を持って目で追われていたと知ったら余計嫌な気持ちになるだろう。

「……まあ、目つきが悪いからな」

本当のことを云う代わりに尤もらしく思える理由を告げた。普段から、黙っていると不機嫌を疑われる顔だ。

「あっ、そういうわけじゃないんです! すみません、失礼なこと云って」

「この顔だからな、仕方がない。怒ってるのかとよく訊かれる。とにかく、無実が証明されたのは、お前の普段の行いのお陰だろう」

「巽さんの口添えがあったからですよ」

「むしろ、俺がいなくても問題なかっただろ」

実際、窮地に陥っているはずなのに九条はやけに冷静だった。交番の防犯カメラのことも気づいていたような節もある。切り出すタイミングがなかっただけではないだろうか。

「どうにかなったかもしれないですが、第三者の証言って大事じゃないですか。俺じゃないって云っても、新谷さんに云い訳はするなって云われて話にならなくて困ってたんですよね」

「それは――」

相手を加害者だと思い込んでいたら、罪を認めないことを往生際が悪いと感じかねない。自己弁護というといい印象はないかもしれないが、一人で矢面に立たされている状況では自分で自分を擁護するしかない。

「始めのうちはなかなか本題を切り出してくれなくて、『それは君が一番わかっているだろう。自分の胸に聞いてみたまえ』とか云われて参りましたよ。心当たりなんてないんですから」

「自白を促しているつもりだったんだろ。女性が被害に遭ったことを口にするのは気持ちのいいことではないしな」

「なるほど、それはそうですね。あと、みんなに説明するように新谷さんに云ってくれて本当に助かりました」

「疑いをかけるだけかけて、あとは投げっ放しなんてありえないだろ」

各部署で九条の無実を説明して回る新谷からは悔しさが伝わってきた。

九条の暴行未遂を報告したのは新谷だ。彼は端《はな》から九条が犯人だと決めつけていた。沢井の訴えを信じれば九条を疑って当然ではあるけれど、彼の中に九条を追い落とすチャンスだという気持ちがなかったようには思えない。

彼が九条を疎ましく思っているのは、普段の態度を見ていればわかる。以前は彼が出世頭の筆頭で社内でも人気が高かったのだが、九条が入社して状況が一変した。

花形の座を奪われたことを逆恨みしている節もあるが、自業自得の面が大きい。彼には大言壮語の気《け》があり、自分の手柄を大袈裟《おおげさ》にアピールする癖がある。

よく昔の武勇伝を口にするのだが、明らかに嘘だとわかる内容のときもあり、みんな話半分に聞くようになっていた。

高い自己評価を真に受けて期待していた上司たちも、徐々に適正な評価をするようになっただけなのだが、新谷は九条と比較されているせいだと思っているようだ。

(逆恨みもいいところだ)

おそらく、新谷は今回の件で意気揚々と九条を追い落とすつもりだったのだろう。しかし、逆に赤っ恥を掻くことになったというわけだ。

「みんな信じてくれてほっとしました」

「だから普段の行いがいいからだろ」

「俺が信じてもらえたのは、巽さんが庇《かば》ってくれたのも大きいです」

「べ、別に俺は大したことしてねーよ」

一つ解せないことがまだ残っている。

「沢井さんがお前を犯人だって云った理由に心当たりはあるか？」

真犯人に九条の名前で呼び出されたため、その後の訂正ができていなかったのでは、という推理は感情的には納得しやすいけれど、同僚たちへ送られた沢井のメールにも彼の名前が書かれていたこととは矛盾する。

あのときは部長たちを納得させるために無理のある仮説を口にしたけれど、真実には遠いだろうと思っている。

「それをずっと考えてるんですけど、よくわからないんですよね。女性に酷《ひど》いことをしようとした男に怒りは感じますけど」

「立ち入ったことを訊くが、そもそも沢井さんとは相談したりするような仲だったのか？」

「いいえ、同じ広報の同僚ではありますけど、プライベートの連絡先も知りません。二人で食事したことすらないですし」

「それじゃあ、彼女とそういう関係にあったことはないんだな？」

念を押すと、九条は弾《はじ》かれたように笑った。

「沢井さんと？　ないですないです。これでも俺、少し前までは既婚だったんで」

「そういえば、そうだったな」

九条が結婚したときも離婚したときも、社内の女性社員たちは大騒ぎだった。

離婚の話が伝わってきたとき、このチャンスを逃すまいと九条にアタックする勇者が続出したけれど、『しばらくはそういう気分になれない』との一言で全員玉砕していた。

「ただ、半年くらい前の飲み会のとき二次会に行こうとしたところで彼女から声をかけられたことがあるんですよね。このあと、二人で抜け出さないかって」

「誘われたのか⁉」

「もちろん断りましたけど」

沢井の積極性に驚いた。自分がもし女性だったとしても、九条を誘うなんて勇気のいることができるとは思えない。

「それはその、九条の好みのタイプではなかったということか……？」

「いえ、そのときはまだ既婚者だったので、タイプがどうあれお断りしてました」

そつのない答えに感心しつつも、衝撃の事実がいくつも判明して頭がついていかない。

（沢井さんも九条のことが好きだったのか……）

恋人や配偶者のいる人を好きになってしまうことは、いくらでもあるだろう。だが、相手のいる人物にアプローチをかけるのは決していいことではないと思っている。

告白をして波風を立ててしまうことは相手の幸せを壊すことにもなりかねない。

鼻にも引っかけられなかったとしても、〝断る〟のは気の重い行為だ。好きな人をそんな気持ちにさせてしまうことにすら引け目を感じてしまう。

（だからって、ストーカーがいいってわけじゃないがな……）

我が身を省《かえり》みて、罪悪感がさらに増す。沢井の気持ちがわからないわけでもない。恋は昔から人間をおかしくするものだと云われているくらいだ。

「沢井さんが九条を好きだということに気づいた誰かが、その気持ちを利用して呼び出したんじゃないか？　怪しいと思っても、好きな人の名前を騙られたら誰だって期待をするだろう」

「行ってみたら、別人だったと？　知らない男が待っていたら、個室についていったりはしないんじゃないですか？」

「知ってる相手だったら、疑わしくても断りづらいということはあるだろう」

「顔見知りってことはウチの会社に犯人がいるということですか？」

「考えたくはないがな。もしかしたら糾弾しにくい相手なのかもな」

「なるほど、確かにその可能性はありますね。そういった被害を口にすること自体、辛いことでしょうから訂正しそびれたのかもしれませんね」

自分の考えを説明すると、九条も同意してくれた。

「だからといって、お前が無実の罪で責められるのは理不尽でしかないがな」

無関係の九条が巻き込まれたことについては腹立たしさしかない。真相は本人にしかわからないが、一日でも早く悪人には正義の鉄槌《てっつい》が下されることを祈るほかない。

「――本当に巽さんっていい人ですよね」

「な、何だいきなり」

じっと見つめられて動揺する。

「俺のために怒ってくれて、ありがとうございます」

「い、いや、礼を云われるようなことは何も……」

「改めて、本当に今回はお世話になりました。巽さん、今日の夜、時間あったら食事に行きませんか？　お礼をさせて欲しいんです」

九条は居住まいを正し、こちらに体を向ける。

「食事!?　いや、いいんだ本当に。今回のことは気にしないでくれ。俺は当たり前のことをしただけだ。礼ならこのコーヒーで充分だ」

角を立てないよう言葉を選んで断る。いまだって意識しないよう必死だというのに、これ以上ハードルの高いことを要求しないでもらいたい。

（これ以上話をしているとボロが出そうだしな……）

幸いなことに、巽が九条の写真を撮っていた不審さには誰も気がつかなかった。できることなら、このまま元の日常へと戻りたい。

「でも、そのコーヒーはタダですよ？」

「気持ちだけで充分だってことだ」

「そういうわけにはいきませんよ。巽さんは俺の恩人ですから！　何食べたいですか？　巽さん、お酒強そうですよね。俺、オススメの店があるんですよ」

ポジティヴすぎる強引さに閉口する。これだけの美形で物腰も柔らかく人当たりもいい男だ。きっ

と、これまでの人生で誘いを断られたことなどないのだろう。

「俺と食事に行ったたって面白くも何ともないだろう。そのオススメの店とやらは好きな相手と行ってくれ」

「だから、巽さんを誘ってるんですけど。俺、もっと巽さんのことをよく知りたいんです」

「……ッ」

九条の言葉に心臓が止まりそうになる。他意など微塵もないとわかっていても、まるで自分が特別になったかのように思えてしまうから恐ろしい。

そうやって無自覚に口説き文句を口にするのはある意味罪だ。

「俺とは関わり合いにならないほうがいい。俺はお前と親しくなるような人間じゃないんだよ」

人気者で人望もある九条と自分では生きている場所が違う。会社という接点がなければ、本来出逢《であ》うことすらなかっただろう。

「何でですか？　反社会勢力とつき合いでもあるんですか？」

「そんなわけないだろ！」

突拍子もない返しにどもってしまう。本気で云っているのか、冗談で云っているのか判断が難しい。

（まあ、見た目はそれっぽいかもしれないが……）

その筋の人間と間違われることもよくあるし、職務質問を受けたことも一度や二度ではない。それでも、真っ当な一般市民であると胸を張って云える。

「じゃあ、何なんですか？」

九条がしつこいのは、これまで拒否された経験がないせいだろう。きっと、遠慮をしているとでも思っているのだ。

（これだからモテるやつは……）

好きな気持ちと裏腹に、腹立たしさも覚えてしまう。可愛《かわい》さ余って、というやつだ。

「何だっていいだろう」

「よくありません、気になります。俺に気に食わないところがあるなら教えて下さい」

その自信満々なところだよと云いたくなるが、余計にややこしくなるだけだ。九条のポジティヴさは長所だが、こういうときは厄介だ。

「そういうわけじゃない。これは俺の問題なんだ」

「だったら、俺もその問題に一緒に取り組ませて下さい。お返しに少しでも力になれるなら――」

「しつこい！」

押し問答のしつこさに、巽は思わず声を荒らげてしまった。そんな過剰な反応に九条は目を丸くしている。

「す、すまん、デカい声を出して」

「いえ、俺のほうこそすみません……」

九条のしょげた顔に罪悪感が刺激される。彼を悲しませたいわけではない。

「……そもそも、お前は気にならないのか？」

これ以上、罪の意識に苛《さいな》まれるくらいなら自白して楽になってしまったほうがいい。何もかもぶちまけてしまえば、九条も自分と友情を育もうだなんて幻想を捨ててくれるはずだ。

「何がですか？」

「俺があんな都合のいい写真を撮ってたことだよ！」

とうとう自分から云ってしまった。九条がもし気にしていなかったのだとしたら、ただの墓穴でしかないけれど、これ以上黙っていることに耐えられなかった。

「確かに都合がいいと云えばそうですね。でも、偶然ってありますし——って、え？　偶然じゃないんですか？」

「………」

「もしかして、巽さんは俺が危機に陥るってわかってたってことですか？」

「予知能力なんてあるか！」

九条の天然な想像に脱力し、肩を落とす。

「だったら、何なんですか？」

「ちょっと考えたらわかるだろう。お前のことをつけ回して、写真撮ったりしてたんだぞ!?」

巽は投げやりな気持ちで自分のしていたことを白状する。覚悟しての発言だったけれど、発した直後から後悔の念がじわじわと這《は》い上がってきた。

九条は怪訝《けげん》な顔をしながら、導き出した答えを口にした。

「……まさかとは思いますが、俺のストーカーだったってことですか？」

「ああ、そのとおりだよ」

入社してくる前から、九条は有名人だった。新卒にものすごいイケメンがいるという噂を先に耳にしたため、初めのうちは九条のことをチャラチャラしている軽薄な人間だろうと斜めに見ていた。けれど、すぐにそれは偏見だったと反省した。仕事ぶりは真面目で有能、気配りができるだけでなく、顔のよさを鼻にかけることもない。誰に対しても分け隔てなく親切で、アラを探すほうが難しいくらいだった。

必死に目を逸らしていた自分の気持ちを認めざるを得なくなるには、そう時間はかからなかった。九条のことが気になっていたのは、きっと一目見た瞬間に恋に落ちていたからだろう。

彼のことを好きだと気づいたからといって、どうこうなるわけもない。巽にできることは、密かに片想いすることだけだった。

そんなある日、自宅の最寄《もよ》り駅が同じだということが判明した。営業と広報では出社時間が違うため、それまでは同じ電車になることがなかったのだろう。

それ以来、駅で彼の姿を探すようになった。昼食は出先で摂《と》ることが多かったのだが、九条の様子を見るために可能な限り社食を使うようにもなった。

キャンペーンで同じ現場に出ることがあるときは、商品やディスプレイを撮るふりをして九条の写真を撮ったりしている。お陰で巽のスマホのカメラロールは彼の写真ばかりだ。

我ながら気持ち悪いことをしている自覚はあるけれど、秘めた想いは募るばかりで彼の姿を追うことがやめられなくなっていった。

（けど、こんなふうに役に立つことになるとはな……）

昨日も駅の近くで九条を見かけたため、ついあとを追いかけてしまったというわけだ。九条のアリバイを証明できたことは幸運だったが、問題は巽のストーキング行為の証明にもなってしまうことだった。

何故九条の写真を撮っていたのかと訊かれたら、云い訳のしようがないと覚悟もしていたけれど、幸いなことに誰もそれを追及してこなかった。

なのに、自分から暴露せざるを得なくなるなんて、悪いことはできないものだ。

「巽さんが俺のストーカー……」

さすがの九条も驚きを隠せないようで、呆然《ぼうぜん》と呟いている。

(そりゃそうだよな、こんなむさ苦しい男に追い回されてたなんて信じたくないよな)

後ろめたさから、九条の顔が見返せない。きっと、呆《あき》れた表情をしているだろう。もしかしたら、嫌悪感も滲《にじ》んでいるかもしれない。

血の気が引き、指先が冷えていく。自業自得とはいえ、好きな相手に白い目を向けられて平気でいられるほど神経は太くない。

「こんなの気持ち悪いよな。顔を見たくないって云うなら地方への異動を申請するし、同じ会社にいるのも嫌だって云うなら辞表も出す」

好きな人を不快にさせたまま、同じ職場で平然と働けるような人間ではない。

正しいことをしたとは思っているけれど、正面切って上役に意見したことは事実だ。無礼を働いたことで今後の立場が悪くなる可能性もある。

潔く転職してしまったほうが、自分にとっても九条にとってもいいはずだ。自分のしていたことは犯罪だ。警察に突き出したいというのなら大人しく従うつもりだ。

「ちょ、ちょっと待って下さい、いきなり辞めるとか先走りすぎですよ！」

「別に気を遣わなくていい。君だって俺なんかに好かれてるのは不快だろう？　とにかく、プライバシーを侵すような真似をして申し訳なかった。心から悪かったと思ってる」

「顔を上げて下さい、巽さん。本当に全然気にしてませんから」

こんなときでも言葉を選んで配慮してくれるなんて、人間ができているとしか云いようがない。感心していたら、両肩を摑《つか》まれて九条のほうを向かされた。

「いいから落ち着いて下さい。これがそんなふうに思ってるような顔に見えますか？」

「……っ」

紅茶色の瞳がまっすぐ巽を見つめている。見つめられているという事実に、ぶわっと顔が熱くなった。

「確かに驚きましたけど、別に不快とかそんなふうには思いません」

「だが、俺はお前のストーカーだったんだぞ。気持ち悪くないのか？」

「ストーカーには昔から慣れてるんで」

「慣れてる……？」

さらりとした口調とは裏腹に内容は物騒で、巽は眉根を寄せる。

「尾行や写真を撮られるのは日常茶飯事ですし、知らないうちに写真を撮られて雑誌に投稿されてたり、ネットに出回ってたりは普通ですから。送り主のわからない贈り物は受け取り慣れてます。巽さんくらいの行為なら可愛いほうですよ。男のストーカーは初めてですけど」

「そ、そうか……」

想像以上に苦労の多い人生を送ってきているのかもしれない。

慰められているのかどうかよくわからないが、九条にとって巽の行動は取るに足らないことだから安心していいということらしい。

どう受け止めるべきかわからないが、九条が嫌な気持ちになっていないことだけはよかったような気がする。

「そうだ。会社を辞めるくらいなら、一つ俺の頼みを聞いてくれませんか？」

「頼み？　俺にできることがあるなら云ってくれ」

巽は九条の提案に前のめりで食いついた。自分のしたことの埋め合わせができるなら、何でもする。

「巽さんに俺の恋人のふりをしてもらいたいんです」

「は……？」

突拍子もない頼みごとに耳を疑った。

（いま、何て云った？）

想定外の単語に混乱する。

「俺の周りには常時数人のストーカーがいるんですけど、そのうちの一人がだいぶ困った人なんです。もしかしたら、同性の恋人ができたとわかれば諦めてくれるんじゃないかと」

「……なるほど。けど、それは俺じゃないほうがいいんじゃないのか？」

いまの時代、同性の恋人がいることをカミングアウトするのも珍しくなくなってきた。だが、九条の相手が巽ではまったく釣り合わない。

「どうしてですか？」

「俺が恋人なんて云ったって、説得力がない。誰も信じないだろ」

「それは行動次第じゃないですか？　イチャついてればちゃんと恋人に見えますよ」

「イチャつ……そんなことできるわけないだろう！」

「困ってる人を助けるのは当然じゃなかったんですか？」

「ぐっ……」

前言を出され、反論できなくなってしまった。

「こんなこと、巽さんにしか頼めません。しばらくの間だけでいいですから」

「……う、それじゃあ、少しの間だけなら……」

何でもすると云ってしまった手前、固辞することは難しかった。

「やった！　ありがとうございます！」

輝くような笑顔を向けられ、否応なく胸がときめいてしまう。九条の笑顔には魔力があるのではないだろうか。

（くそ、何のためにストーカー行為を暴露したんだ……）

これ以上、九条と接点を持たないようにと自白したのに、余計面倒なことになってしまった。

九条の気まぐれが長続きしないことを祈るしかない。

「とりあえず、詳しい話をしたいので飯食いにいきましょう」

「あー……本当にすまない。気持ちはありがたいが、それは本当に無理なんだ。寄らなければならないところがある」

巽にはまっすぐ帰宅しなければならない事情がある。それは今日だけでなく、この先もずっとだ。

「そうだったんですか。先約があるなら仕方ないですね」

九条は拍子抜けするほどあっさりと引き下がった。

(先にこう云えばよかったんじゃ……?)

テンパっていたせいで対応を間違えたことに気づいたけれど、いまさらもう遅い。

「それじゃ、せめて途中まで一緒に帰りませんか？　最寄り駅は同じなんですよね？」

「一緒に!?」

九条の提案に声がひっくり返る。

「〝恋人〟なら当然じゃないですか。あっ、連絡先も教えて下さい。何かあったときのために」

「俺の!?」

「他に誰がいるんですか。スマホ貸して下さい」

「あ、ああ……」

メッセージアプリのＩＤだけでなく電話番号やメールアドレスも交換する。

「巽さんは退社何時ですか？」

「十八時だが……」

「わかりました。十八時に営業部まで迎えにいきますね」

「は!?」

「それじゃあ、またあとで！」

呼び止める間もなく、九条は爽やかに去っていった。

3

九条は約束どおり、営業部まで巽を迎えにきた。

社内のアイドルである九条の登場に部署内はざわめいたけれど、巽が彼のアリバイを証明したことはすでに周知の事実だったため、二人の関係を追及されなかったことは幸いだった。

以前だったら、九条ファンの女性陣に詰め寄られていたことだろう。

「それじゃ、行きましょうか」

「あ、ああ」

好奇心に満ちた眼差《まなざ》しを浴びながら職場をあとにする。ビルを出るまでの間にも、九条はすれ違うほぼ全員に声をかけられていた。改めて人気の高さを思い知る。

（……気が重い）

一緒に帰るだけだとわかっていても、こうして隣り合って歩くだけで緊張する。つい昨日までは遠くで見ていた相手が真横にいるというシチュエーションが未《いま》だに信じられない。

つけ回すようなことをしていなければ素直に喜べたのかもしれないが、あの隠し撮り写真がなければ接点を持つこともなかったわけで、結局は何の憂いもなく憧れの相手に近づくなんて不可能だということだ。

「今回の件、巽さんに引き受けてもらえて助かりました」

憂鬱《ゆううつ》さが拭えない巽とは対照的に、九条は屈託のない笑顔を向けてくる。巽は眩しすぎる笑みに思わず目を逸らした。

「……それはよかった」

引き受けたというより、強引に押し切られたといったほうが正しいような気もするが、九条の役に立てることが嬉しくないわけではない。そうではないけれど、それ以上に困っているというだけだ。

遠くで見ているだけで充分だった巽にとっては、あまりありがたい近さではない。九条と至近距離で接するのは刺激が強すぎる。できることなら一方的に見つめていたかった。

(それにしても、いつ見ても整った顔してるよな……)

改めて九条の美しい顔に見惚《みと》れそうになった。

横顔のラインの完璧さにため息が出る。男のくせに肌はツヤツヤしているし、睫毛《まつげ》も作り物のように長い。まるで美術館に飾られている彫刻のようだ。

視線に気づいた九条が巽のほうを見て、小さく笑った。

「俺の顔に何かついてます?」

「い、いや」

「巽さん、そんなに俺の顔好きなんですか?」

「あ、いや、何というか、改めて整ってるなと思っただけだ」

ごまかしても仕方がないと思い、素直に答える。

「ありがとうございます」

優しく微笑み返され、心臓を打ち抜かれる。九条の応対に、褒められ慣れている余裕を感じる。九条レベルの美形になると謙遜《けんそん》は逆に嫌みになりかねない。

「あっ、ごめんなさい！」

先を急いでいるのか、角から急に飛び出してきた女性とぶつかりそうになった。

「いえ、大丈夫です」

彼女はそのまま走っていってしまったが、ふと足下を見ると定期券入れが落ちていた。

「これ、いまの人の落とし物ですよね。渡してきますから、ちょっと待ってて下さい」

九条はそう云うと、来た道を小走りに戻っていった。女性が信号を渡る前に追いついたようで、見守っていた巽もほっと胸を撫で下ろす。

女性はかなり急いでいた様子だったのに、目的を果たし終えてこちらに戻ってきている九条を呆然と見つめている。

(気持ちはわかる……)

まるで少女マンガの中のシチュエーションが現実に起きたのだ。すぐには頭がついていかないのだろう。

「すみません、お待たせしました」

「すぐそこの交番に届けておけばよかったんじゃないか？」

「あっ、そういえばそうですね！　でも、手元にないと帰りに困るかと思って。無事に渡せたのでよかったです」

九条にとって人に手を貸すことは呼吸レベルに当たり前のことのようだ。だからこそスマートだし、恩着せがましくもない。細かいことにもよく気がつくし、フォローもさりげない。

いつでも感情が安定していて、焦ったところや不機嫌なところは一度も見たことがない。巽からしたら、聖人君子としか思えなかった。

「お前、マジでいいやつだよな。むしろ、お人好《ひとよ》しレベルだろ」

「そうですか？　巽さんも負けてないと思いますけど」

「俺は――――」

以前の自分は無神経で無自覚だった。目の前に老人が立ったら席を譲るくらいのことはしていたけれど、さらにその周囲に気を配ることなんてろくになかったし、自分のことで手一杯だった。

意識が変わったのは、九条の立ち居振る舞いに気づいてからだ。親切ぶったイケメンが鼻につくと思っていたけれど、その行動には見栄も下心も感じられず、斜めに見ていた自分が恥ずかしくなった。

「巽さん、一つ確認したいことがあるんですけど」

「な、何だ？」

次は何を訊かれるのかと身構える。

「ストーカーしてたってことはつまり、俺のことが好きってことですよね」

「……っ、ノーコメントだ」

改めて訊くまでもないことを訊かないでもらいたい。本人に向かって認めたら、ただの告白ではないか。

「その顔はイエスってことですよね。あ、ちなみに俺のどこが好きなんですか？」

「ど、どこって――――」

九条は勝手に納得し、瞳を輝かせながら興味津々《きょうみしんしん》に訊いてくる。

（新手の責めか？）

好きな相手にストーキングしていることを暴露する羽目になった挙げ句、どこが好きなのかと問われることになるとは。咳払《せきばら》いをして、狼狽《うろた》えていた気持ちを立て直す。

「そ、それもノーコメントだ。俺のことはどうだっていいだろう」

ノーコメントを貫いたけれど、これではイエスと云っているようなものだ。居たたまれなさに身の置き場もない。

顔を見られまいと足早に改札を通り抜ける。ホームにできた列の後ろにつくと、九条も遅れて横に並んでくる。

「それじゃ、巽さんが俺に質問して下さい」

「俺から？」

「はい。何か知りたいことないですか？」

九条のことが知りたくてつけ回すような真似をしていたけれど、改めて本人から質問の許可が出ると何も思いつかない。このチャンスを逃すまいと必死に頭を働かす。

「……奥さんとは何で別れたんだ？」

「ずいぶんストレートな話題ですね」

巽の質問に、九条は目を丸くした。焦るあまり、一番触れるべきでないところに触れてしまった。さすがに失言だったと反省する。

「す、すまん、デリカシーが足りなかったな」

「いえ、いいんです。ヘンに気遣われるより、直接訊かれたほうが答えやすいですしね」

電車がホームに滑り込んできたため、二人とも口を噤《つぐ》む。降りてくる乗客をやり過ごし、人の流れに従って車両に乗り込んだ。

大柄の男二人、邪魔にならないように接続部分のほうへと進む。

「えーと、離婚の理由でしたっけ？」

九条の元妻は巽の同期で、社内でも有名な才色兼備の女性だった。その優秀さから系列の会社に引き抜かれていったほどだ。

非の打ち所のないお似合いの二人だったから、別れたという話を聞いて驚いたものだ。

「俺、この顔だから昔から無駄にモテるんですけど、就職してからは洒落《しゃれ》にならなくて。結婚すれば落ち着くんじゃないかと思って、一番気の合う彼女と籍を入れたんです」

「そ、そうか……」

結婚の理由が想定外で、驚いてしまった。モテすぎて困るというのはモテない人間にとっては羨《うらや》ましく思えるけれど、当人にとっては深刻な悩みなのだろう。

一生を共に過ごす相手と思うからこそ、パートナーとしての契りを結ぶものだと思っていた。だが、九条の動機は巽の感覚よりはライトなものだった。

「仲違《なかたが》いをしたわけじゃないんです。そりゃ、すれ違いみたいなものもありましたけど、一番の理由は結婚生活が合わなかったってことかな。彼女にも引き抜きの話があって、単身赴任で別居するなら別れようって話になったんですよ」

そんなに綺麗《きれい》に離婚できるものなのだろうか、と恋愛経験の乏しい巽は疑問に思うが二人とも別世界にいるような存在だ。巽のような平凡な人間にはわからなくても仕方ない。

(俺は結婚に夢を見すぎてるんだろうか)

自分がゲイだと自覚して以来、決まった相手はいない。その手の店で声をかけられた男と関係を持とうとしたことはあるけれど、好きでもない相手とはその気になれなかった。

そういう欲求がないわけではないけれど、気持ちの伴わない行為はしたくない。

だからといって、いつか想い合える運命の人が現れる、なんて夢を見ているわけではない。そもそも初めて本気で好きになったのが九条だ。

つき合えるなんて妄想すらしたこともなければ、告白するつもりもさらさらなかった。

(そのせいで拗《こじ》らせて、ストーカーめいたことをしてたわけだが……)

後悔と反省で胃が痛む。九条は気にしないと云ってくれたけれど、咎《とが》められるようなことをしていたことは事実だ。

「……ッ」

鳩尾《みぞおち》の辺りを手で押さえていたら、電車が大きく揺れた。

巽たちはたたらを踏んだだけでその場にとどまったけれど、隣でうとうとしていた年配のスーツの男性は派手にバランスを崩した。

「おっと」

九条は彼に手を伸ばし、腰を抱き寄せるようにして倒れ込むのを防いだ。

「大丈夫ですか？」

「!? あ、ああ、ありがとうございます……」

至近距離で無事を確認された男性は、頬《ほお》を赤く染めている。

（絶対惚《ほ》れたな……）

男のストーカーは巽が初めてだと云っていたけれど、九条自身が気づいていなかっただけではないだろうか。

これまでの人生において、彼の虜《とりこ》になった男が巽以外にいなかったとは考えにくい。

「……そういえば、困っているストーカーっていうのはどんなやつなんだ？」

九条はどこにいても人目を引く。巽と同じように九条を目で追っている人物は何人もいるが、彼が困り果てるほどのストーカーの存在には気づかなかった。

「姿を見たことがないので、どんな人かはわからないんです。けど多分、高校の頃からつきまとわれているんじゃないかと」

「高校!?」

そうなると、かれこれ十年近くも追い回されているということだ。

（年季が違う……）

ストーキング自体褒められた行為でないとわかっていつつも、負けた気持ちになるのはどうしてだろう。

「ストーカーには慣れてるんだろう？　他のやつらとは何が違うんだ？」

「執着の度合いが他の人とは桁違《けた》いなんですよ。どこで情報を仕入れてるのかわからないですけど、いつでも監視されてるみたいで、どこに行くときも先回りされてる感じがします」

「それぞれ別のやつだってことはないのか？」

「定期的に手紙が届くんですが、封筒も書式も同じなので同じ人だと思います。そこに書かれてる内容が妙に俺に詳しいので近くにいる誰かみたいなんですけど、まだ特定できなくて」

「お前に手紙が届く以外には何かあるのか？」

「学生のときはよく盗難に遭いましたね。自宅の中に入り込まれるようなことはなかったんですが、生活圏内で見張られてるのは確実だと思います」

「警察には相談したのか？」

「しましたけど、暴力とか命に関わるような実害がないからとあまり真剣には取り合ってもらえなくて。モテて羨ましい、みたいに云われるだけでした」

「盗難だって立派な犯罪だろ」

「大したものは盗まれてないので捜査も面倒だったんでしょうね。文房具とか空の弁当箱とか、被害額は大したことなかったですから」

「空の弁当箱盗まれるのは気持ち悪いな……」

金目のものが目的ではなく、九条の私物が欲しいだけというのがよくわかる。

「彼女の妄想の中では俺との関係が進展してるみたいで、行ってないデートの感想とか交際一周年のお祝いとか。最近はプロポーズの思い出、親への挨拶、結婚式の計画が送られてきましたね」

「マジかよ」

具体的な妄想を本人に伝えているあたり、ずいぶん病んでいるように感じる。一つ一つは大したことのないことでも、繰り返されれば疲弊する。

「彼女への嫌がらせとかはなかったのか？」

「そういうのはないんです。どちらかというと彼女と自分を同一視してたみたいで、彼女と出かけたときのことを自分に置き換えた思い出を綴《つづ》ってきたり」

「俺が云うのも何だが、かなりヤバいやつだな。おい、まさか、その手紙を彼女に見せたりしてないだろうな？」

「見せないようにしてましたが、一度見つかっちゃって。一応、証拠として残してあるんですけど、大事に取ってあるように見えたみたいでケンカになりました」

「あー……」

感情的には捨ててしまいたいはずのものを残しているということは、それだけ深刻に捉えているということだろう。

「あの熱意を他のものに向けたら大成すると思うんですけど」

自分も九条をつけ回していた一人であるため、ため息交じりの九条の言葉に後ろめたさで耳が痛い。

「………」

「あっ、巽さんを責めているわけではないですから！　巽さんくらいのストーカーならいままでもたくさんいましたから」

「たくさん……」

黙り込む巽を見て、九条はフォローにならないフォローを入れてくる。慰めてくれているつもりだろうが、箸《はし》にも棒にも引っかからないと云われている気分になる。

ちょうどそのとき、電車が最寄り駅に着いた。再び流されるようにして車両の外に吐き出される。今度は九条のあとを追うように改札へ進む。

人込みから一つ飛び出した頭を目で追っていると、昨日までの日常の続きのように思える。同じ車両に乗れたときは、こうして時折見える横顔にときめいていた。

「巽さん」

「……ッ」

不意打ちで振り返られ、心臓が大きく跳ねる。

「ちょっといいですか？」

「な、何だ？」

人込みの中、腕を摑んで引き寄せられる。真剣な眼差しにドキッとしていたら、耳元に唇を寄せられた。

「つけられてる気がします」

「!?」

耳打ちの内容に緊張感が走る。暴力的な攻撃を受けたことはないようだが、一方的に見られているというのはいい気分ではない。

（……俺も似たようなことしてたんだが）

改めて自分のしていたことを反省する。どうしたって目を引く容姿をしているけれど、だからといって不躾《ぶしつけ》に見つめ続けていいわけではない。

「どいつかわかるか？」

「それはわかりません。巽さん、協力して下さい——」

「協力？　お、おい……っ」

急に早足になった九条に引っ張られ、人気《ひとけ》のない通路に連れ込まれる。そこは駅ビルの通用口に続いており、あるのはコインロッカーだけだ。

その陰に押し込まれたかと思うと、壁に押しつけられた。

「……っ」

ありえないほどの至近距離に息を呑む。すぐそばで目にする紅茶色の瞳は澄んでいて、吸い込まれそうだった。

（ドキドキしてる場合じゃないだろ……っ）

ここでストーカーをやり過ごすつもりだろうか。しかし、つけられていたとしたらこんなところに逃げ込んだくらいで撒《ま》けたとは思えない。

逆に恋人のふりをして諦めさせるためには隠れていては意味がない。

「おい、どうするつもりだ？」

「多分、まだ見られてます。黙って下さい」

巽の問いかけは、九条の唇で封じられた。

（ちょっと待て。キスされてないか……？）

自分の唇に重なる柔らかい感触に目を回す。腰が抜けそうになるけれど、必死に理性を手繰り寄せて九条の肩を摑み引き剝《は》がした。

「何考えてるんだ⁉」

動揺し、声を荒らげる。パニックに陥っている巽とは裏腹に、九条は涼しい顔をしていた。

「このくらいしておかないと、恋人のふりに信憑《しんぴょう》性を持たせられないじゃないですか」

「だったら、キスも〝ふり〟にしろ！　大体、こんな場所でやったって意味ないだろ」

ロッカーの陰になっているため、この通路を覗き込んだとしても男二人が密着している以上のことはわからないだろう。

「大丈夫ですよ。こっちの行動が気になって、覗いてたでしょうから。それに本当にしたほうが臨場感出ていいでしょう？」

「あのなあ……！」

「もしかして、初めてでしたか？」

「〜〜っ、そ、そういう問題じゃない！」

一度もないわけではないけれど、好きな相手とするキスと、そうでないキスは全然違う。何とも思っていない男とのそれはただ肌が触れただけとしか感じなかった。

(くそ、余裕ぶりやがって)

可愛さ余って、というのはこういう気持ちを云うのだろうか。

「すみませんでした。もっとムードを大事にすればよかったですね」

「……もういい」

そういう問題じゃないと云いたかったが、九条には理解してもらえないだろう。

覆い被さった九条は、なかなか巽の前からどこうとしない。悟られないようゆっくりと深呼吸をして、平常心を取り戻す。

「――で、どうだ？　そいつはいなくなったか？」

「どうでしょう。視線は感じなくなった気がします」

「それならよかった」

こっちはちっともよくないけれど、この状況は自分で招いたものでもあるから、あまり文句も云えなかった。

「協力ありがとうございました」

「どういたしまして。それじゃ、俺はもう行くな」

腕時計を確認すると、駅を出る予定の時間を過ぎている。少し急ぐ必要がありそうだ。九条を押しのけて行こうとすると、手首を摑んで引き留められる。

「あっ、ちょっと待って下さい」

「まだ何かあるのか？」

ここで引き留められるとは、と思わず困惑する。

「あー、ええと、もしかしたら、家の近くで待ち伏せされてるかもしれないので、もうちょっと一緒にいてもいいですか？」

妙に歯切れが悪いが、ストーカーの行動は完全に予測はできない。こちらの罪悪感を知ってか知らずか、想定外にずいぶん懐かれたものだ。

頼りにしてくれるのは嬉しいが、そんなに信用していいのかと自嘲的な思考になる。

（俺は加害者で、お前は被害者なんだぞ）

自分の非を棚上げして説教するつもりはないけれど、複雑な気分だ。

「直接、何かしてくることはないんだろ？」

「まあ、そうですけど」

「遠回りになるだけだぞ？」

「家に帰ってもどうせ一人ですし。あー、夕飯どうしようかな」

わかりやすすぎる誘導に呆れてしまう。九条が求める答えは一つだろう。

「……そんなに家に帰りたくないのか？」

「ええ、まあ」

断られるとは微塵も思っていない表情にため息が出そうになるが、すんでのところで呑み込んだ。

気乗りはしなかったが、仕方なくその言葉を口にする。

「……じゃあ、ウチに来るか？」

「やった！　ありがたくお邪魔します」

すぐに自分の発言に後悔しつつも、念のため釘《くぎ》を刺しておく。

「――ただし、何を見ても余計なことは云うなよ」


「保育園？」

巽が足早に向かったのは駅の近くの保育園だった。この時間は入れ替わり立ち替わり保護者が子供を迎えにきている。ここは十九時まで預かってくれるため助かっている。

「巽さん子持ちだったんですか!?」

こんなふうに驚かれるのは初めてのことではない。自分だって、最初のうちは信じられない気持ちがずっと拭えなかった。

「子持ちだが、俺の子じゃない」

「え？」

「ヘンな想像をするなよ。亡くなった姉の子だ」

隠し子でもバツイチでもない。説明すると、九条は一瞬黙り込んだ。

「そうだったんですか。何か、すみません。デリカシーのない云い方をしてしまって……」

九条のバツの悪い表情に、こちらのほうが申し訳なくなる。

「まあ、驚いて当然だろ。俺だって、独り身で子育てすることになるなんて想像もしてなかったからな」

「失礼ですが、ご病気だったんですか……？」

「交通事故だ。急なことだったから、当時は色々大変だったけどどうにかやってるよ」

会社や行政のサポートもあるし、保育園の保護者たちも色々と教えてくれる。

「こんばんは、うさぎ組の巽です。お迎えにきました」

『はーい』

門扉《もんぴ》のところにあるインターホンを鳴らして名乗ると、中から鍵が開いた。

巽が子供の頃は門に鍵などかかっていなかったが、最近は物騒な世の中だ。パスワード入力制のところもあるし、指紋認証の園もある。

「ちょっとここで待っててくれ」

「わかりました」

他のお迎えの保護者と挨拶を交わす。保育園に来ると、自分が巨人のように思える。何もかもが小さくて、異世界に迷い込んでしまったような気分だ。

背の低い下駄箱の前で靴を脱ぎ、甥っ子のクラスに向かう。

「どうも、巽です」

「こんばんは、おかえりなさい。涼太くーん、お迎えだよー」

先生に声をかけると、友達と遊んでいた甥っ子を呼んでくれた。

「きょーへーおかえり！」

すでに帰り支度をすませていた涼太が、満面の笑みで駆け寄ってくる。どんなに疲れていても、この笑顔を見るとほっとする。

「ただいま、涼太」

「涼太くん、帽子忘れてる」

「ありがとうございます。今日はどうでしたか？」

「今日はお絵かきの時間に上手に絵を描いてましたよー。涼太くんの絵はあそこですね」

壁一面に園児たちの絵が貼られている。その中でも涼太の絵が一際上手《うま》く見えるのは、身内の贔屓《ひいき》目《め》だろう。

「本当だ。上手だな、涼太。この間、動物園に行ったときの絵だろ？」

「うん！　どうぶつえんまたいこうね！」

「ああ、絶対行こう」

「やったー！」

涼太に帽子を被せ、段違いになっている上着のボタンをかけ直す。

「月曜日は天気がよければ園外保育で公園にお出かけする予定なので、動きやすい服装でお願いします」

「わかりました。今日もありがとうございました。涼太、先生にさようならは？」

「せんせい、さようなら～」

「涼太くん、さようなら」

担任の先生に別れを告げ、手を繋《つな》いで廊下を歩く。下駄箱で靴を履く涼太に切り出した。

「涼太、話があるんだけどちょっといいか？」

「いいよ。どうしたの？」

九条のことを話しておく必要があるが、どう説明すべきかまだ決めかねていた。

「今日、お客さんを連れて帰ってもいいか？」

「きょーへーのともだち？」

「友達……ではないな。会社の人だよ。事情があって夕飯をウチで食べることになったんだけどな、そいつが――」

巽も靴を履きながら、涼太に九条のことを説明する。ふと顔を上げると、外が騒がしくなっていた。

「!?」

門扉の前で待っていた九条はお迎えの母親たちに囲まれていた。不審者として疑われているのかと思い、慌てて飛び出した。

彼女たちに説明しなければと焦ったけれど、意外にも和やかな雰囲気だった。

普段はみんなお迎えのあと立ち話などせず挨拶だけ交わして帰るのだが、九条に興味津々な様子で話しかけている。

（……どこかで見たことのある光景だな）

九条はどこに行っても、ああやって囲まれている。あれほどの美形なら、誰だって興味を引かれても仕方ない。

だが、不審人物として怪しまれるよりはずっといいだろう。ほっとしていたら、九条がこちらに気がついた。

「巽さん！」

「……っ」

巽に気づくと、輝くような笑顔で手を振ってくる。母親たちは巽の顔を見て、好奇心に満ちた表情になった。嫌な予感がするが、Uターンするわけにもいかない。

作り笑いを顔に貼りつけて、やむなく手を上げる。

「待ってるお友達って巽さんだったんですね」

「どういう関係なんですか？」

「俺、会社の後輩なんです。今日は手料理をご馳走《ちそう》になることになってて。ね、巽さん」

「あ、ああ」

笑顔で話を振られ、巽も再び作り笑いを浮かべる。ここは余計なことを云わず、笑ってやり過ごすのが一番だ。涼太を連れて、さっさとこの場から逃げ出そう。

「あー！　きょーへーのすきなひとだ！」

「……っ!?」

背後から、涼太の声が飛んできた。とんでもない内容に心臓が止まりかける。

以前、スマホの写真を見られたときに涼太に追及されたのだ。ごまかすことが下手くそな巽は正直に『好きな人』だと云ってしまった。それを覚えていたのだ。

周囲に視線を向けると、母親たちの目が興味津々に輝いていた。涼太に九条のことを云い含めておくつもりだったが、いきなりのことで間に合わなかった。

「あの、もしかしてお二人って……？」

「いや、あ、その」

絶対に勘違いされている。自分が九条を好きなことは事実だが、そういう関係ではない。恋人のふりをすることになったけれど、関係のないところで恋人扱いをされるのは九条も本意ではないはずだ。どう説明すべきか頭を必死に働かせていたら、先に九条が口を開いた。

「初めましてだけど、俺のこと知ってるんだ？」

九条は涼太の前に屈《かが》んで視線を合わせると、好奇心丸出しの顔で問いかけた。これ以上余計なことを云われませんようにと祈るが、涼太には通じなかった。

「うん！　みたことあるもん。きょーへーのスマホにしゃしんあったよ」

「おい、涼太――」

母親たちに噂を立てられるのは避けたい。背中に嫌な汗が滲む中、涼太の代わりに空気を読んでくれたのは九条だった。

「会社の集まりのときの写真かな。巽さんは俺も大好きな友達なんだ。君も友達のことは好きだろ？」

「うん！　しょうとくんもみつきくんもだいすきだよ」

九条とのやりとりに、自分たちの関係を怪しんでそわそわしていた母親たちも、涼太の云う『好き』が友達としての『好き』だと納得したようだった。

「俺は九条祐仁。ユージンて呼んでくれると嬉しい」

「わかった！　よろしくな、ゆーじん！　おれは涼太だよ」

「涼太か、いい名前だな」

「ありがと。ゆーじんもカッコいいよ」

九条と涼太はすっかり意気投合している。

「二人とも、話は歩きながらでもできるだろ」

いつまでも注目の中にいるのは気まずく、そわそわしながら二人を急かした。

「そうですね。それじゃ、行くか涼太」

「うん！」

涼太は九条が差し出した手を躊躇いもなく握り返す。二人は早速仲よくなっている。九条の魅力は幼児にも通用するらしい。

「それじゃ、お先に失礼します」

巽は母親たちに挨拶し、そそくさとその場をあとにした。

涼太のもう一方の手を繋いで帰途に着く。九条は涼太に聞こえないくらいの小声で、巽に告げてきた。

「せっかくノーコメントで通したのに残念でしたね」

「……何のことだ」

惚《とぼ》けてみたけれど、わざとらしかったかもしれない。だけど、どんなにバレバレでも明言は避けたかった。

「家で俺のこと話してたんですね」

「……うるさい」

含み笑いが勘に障る。九条は巽の反応を楽しんでいるのだろう。

「きょーへーって呼ばれてるんですね。おじさんって感じじゃないもんな」

「……ッ、だから、余計なことは云うなって云っただろ」

突然呼び捨てにされ、心臓が跳ねる。名前を呼ばれてドギマギするなんてまるで中学生だ。むしろ、いまの中学生のほうが余程進んでいるかもしれない。

「俺も恭平って呼び捨てにしてもいいですか？」

「ダメだ」

そんなことされたら精神が持たない。

「じゃあ、恭平さん」

「!?」

呼び捨てだろうがさんづけだろうが、どちらにしても居たたまれない。

「恭平さんのほうが恋人っぽくていいですね」

動揺する巽をよそに、九条は一人で悦に入っている。

「いいとは云ってないだろ……！」

「ダメとは云われてないです」

「ダメだ」

「えー」

ここそこ話をしていたら、涼太に聞き咎められた。

「ねえ、ふたりともなんのはなししてるの？」

「そ、それは――」

「涼太、今日の夕ご飯のメニューって何？」

嘘のつけない巽が口籠もっていたら、九条が質問で切り返す。

「きょうはね、ハヤシライスなんだよ！　ゆーじんはハヤシライスすき？」

「ああ、大好きだよ。巽さん、料理得意なんですか？」

「得意なわけじゃない。必要に駆られてだ」

涼太と暮らすようになるまで、ほとんど自炊はしていなかった。いまは冷凍食品も惣菜《そうざい》も手頃で便利だし、外食だって健康的なものもある。

一人暮らしならそれでどうにかなるけれど、育ち盛りの男の子にそればかりではまずい。大人向けの濃い味もよくないし、野菜も食べさせたい。

料理を教えてもらえるような身近な人もいないため、思い切って料理教室に参加し、基礎の基礎だけ教えてもらったのだ。

そのお陰で白米を炊くことと煮込み料理だけはできるようになったというわけだ。

「きょーへーはね、カレーとハヤシライスとシチューつくるのがじょうずなんだよ」

「上手というわけでは……」

「カレーとハヤシライスとシチュー？　つまり、煮込む料理なら失敗しないってことですね」

「まあ、そんなところだ」

好き嫌いはあるけれど、苦手な野菜もカレーやシチューと一緒に煮込んでしまえば食べてくれる。姉の味には程遠いけれど、涼太は美味《おい》しいと云ってくれている。

（気を遣ってくれてるんだろうな）

保護者としては半人前だ。甘えたい盛りの年頃だというのに、涼太は背伸びをしてお利口にしてくれている。

せめて不安なく過ごせるよう心は砕いているけれど、それでも至らないことはたくさんある。巽の願いは涼太がまっすぐ育ってくれることだ。

「涼太の好物はハンバーグなんだが、どうしても上手く作れなくてな」

何度か練習してみたものの、上手く焼けた試しがない。だから、ハンバーグはいつもレトルトか冷凍食品だ。

「だったら、俺が教えましょうか？」

「お前、料理もできるのか？」

「一時期凝ってたので、まあそれなりに」

「弱点ってものがないのか、お前には」

非の打ち所のない美形で仕事もできて料理もやるなんて、神様は本当に不公平だ。

「ハヤシライスが作れるならハンバーグだって簡単ですよ。材料混ぜて丸めたら、一緒に煮込んじゃえばいいんですから」

「そうか、煮込みにすればいいのか」

焼き加減が上手くできず生焼けが怖くて涼太に食べさせられなかったけれど、煮込んでしまえば確実に火は通る。

「ゆーじん、ハンバーグつくれるの？」

涼太がキラキラとした尊敬の眼差しで九条を見上げている。

「ああ、得意料理なんだ。今度、一緒に作るか」

「つくる！」

「じゃあ、約束な」

「やったー！　やくそく！」

二人は小指を絡めて指切りをしている。

「おい、勝手に……」

一緒に料理をするということは、また九条が家に来るということだ。来て欲しくないわけではないけれど、気安く受け入れることにも抵抗がある。

「巽さんも一緒に作りましょうね」

「……っ」

まばゆい笑顔を向けられ、息を吞む。

九条との約束が増えていくことが嬉しくないわけではなかったが、漠然とした不安も否めない。本当にいいのだろうかと自問しつつも、拒むことはできなかった。

はしゃぎ疲れて眠ってしまった涼太をベッドに運ぶ。

涼太は珍しく遅くまでテンション高く起きていたけれど、限界が来た途端がくっと眠りについてしまった。

「俺も疲れた……」

すやすやと眠る涼太を見つめながら、力なく独りごちる。今日は感情の起伏が激しく、普段以上に疲弊してしまった。

いま冷静に振り返ってみても、現実感のない一日だった。

(早まったのかもな……)

焦るあまり衝動的に行動してしまったけれど、あのとき会議室に乗り込まなくても、九条にお咎めはなかっただろう。

巽の証言がなくとも冷静に話し合えば誤解も解けたはずだし、本人も諾々と冤罪を受け入れるようなタイプではない。

心配のあまり先走らなければ、いままで同様遠くから九条のことを見ていられたはずだ。時間を巻き戻せたらと思うけれど、またあの瞬間に戻って大人しくしていられる自信もない。

結果的に九条との距離が縮まったわけだが、よかったのか悪かったのか悩ましい。

「………」

どんよりした気持ちでしばらく項垂《うなだ》れていた巽だったが、過ぎてしまったことをうじうじ悩んだってどうしようもないと割り切り、顔を上げた。問題なのは先のことだ。

「おやすみ、涼太」

すやすやと眠る涼太の頭をそっと撫で、部屋を出る。リビングに戻る途中、冷蔵庫からビールを二本取り出してテレビを見ていた九条に一本差し出した。

「飲むか？」

「いただきます」

冷蔵庫から持ってきた缶ビールを手渡す。もちろん、自社製品だ。

「あ、これウチの会社の地方限定のやつじゃないですか」

「出張のときに買ってきたんだ」

地元のクラフトビールとコラボしたときのもので、パッケージにはその地元のゆるキャラが描かれている。

「あれすぐ完売しちゃったんですよね。嬉しいな、飲んでみたかったんです」

「社内で取り寄せればよかっただろ」

「こういうのは自分で買いたいんですよ」

九条が泊まっていくことになったのは、涼太が「まだかえらないで」と駄々《だだ》を捏《こ》ねて引き留めたからだ。

（普段は人見知りのくせに……）

初対面の大人に対しては、なかなか心を開かない。なのに九条には妙に懐いたものだ。普段、我儘《わがまま》を云わない涼太のおねだりに巽も折れるしかなかった。

「すみません、ご飯をご馳走になった上に泊めてもらっちゃって」

「こっちこそ涼太が我が儘云ってすまなかったな」

「いえ、むしろ助かりました。『恋人』なら週末は泊まったほうが自然ですからね」

「そ、それもそうだな」

『恋人』という単語が九条の口から出てくるたびにドキリとしてしまう。

もしもストーカーに駅からつけられていたとしたら、九条がマンションから出てくるのを待っているかもしれない。

「着替えもありがとうございます」

「そんなものしかなくて悪いな」

パジャマだからといって、九条によれよれの服を着せるわけにはいかない。新品のTシャツを下ろし、毛玉のついていないスウェットを探し出した。

（くそ、カッコよすぎて腹が立つな）

九条が自分の服を着ているのを見るのは変な感じだ。ただのTシャツとスウェットなのに、モデルのように様になっているのが憎らしい。

シャワー上がりの洗いざらしの髪も新鮮だし、同じシャンプーを使ったはずなのに妙にいい香りに感じるのも不思議だ。

「つまみになるようなもの持ってくるか？」

といっても、大したものがあるわけじゃない。涼太の小腹が空いたときのために常備してあるスナック菓子くらいだ。

「ハヤシライスでお腹いっぱいだから大丈夫です」

「お代わりしすぎだ」

空腹だったのか、九条は二杯もお代わりをしていた。

「仕方ないじゃないですか、美味しかったんだから」

「普段、もっと美味《うま》いもん食ってんだろ」

「愛情という名のスパイスには敵《かな》いませんよ」

「なっ……」

「涼太は幸せだな。巽さんみたいな家族がいて」

「え？　あ、ああ、そうだといいけどな……」

『愛情』という単語に動揺しかけたけれど、『涼太への』という意味合いだったとわかりほっとする。

九条と平常心で会話するコツを摑んだ。顔を直接見ないようにすることだ。それでも緊張するけれど、この顔を見なければどうにかなる。

「あの写真の人がお姉さんですか？　綺麗な人ですね」

「俺とは似てないだろ」

巽は両親に似ず、体格のよかった母方の祖父に似たようだ。姉と一緒にいるときに一目で姉弟だとわかった人は一人もいなかった。

身内贔屓もあるだろうが、頭がよくて美人の姉は巽の自慢だった。両親だってそう思っていただろう。

「優しそうな雰囲気はよく似てますね」

「俺が優しそう？」

怖がられることはあっても、優しそうだと云われたことは一度もない。九条の感覚は少々独特なのかもしれない。

「涼太の前だとすごく優しい顔になってますよ。自分では見えないだろうけど」

「そ、そうか？」

表情を変えているつもりは全くなかったが、涼太といると優しい気持ちになることは事実だ。

最初のうちは母を恋しがって泣く姿に右往左往していたけれど、巽にとっては涼太が救いでもあった。

親を亡くす辛さは巽も知っている。その上、唯一の肉親であった姉まで先に旅立ってしまったことに無気力になりかけたけれど、涼太がいてくれたからこそ前を向くことができたのだ。

「でも、仕事しながら一人で小さい子の面倒を見るなんてすごいな。俺なんて自分のことで手一杯ですよ」

「全然手は回ってねーよ。涼太のことだけはちゃんとしないとと思ってるけど、実際はどうだかな」

「巽さんは頑張ってますよ」

さらりと云われた九条の言葉にぐっと胸が詰まる。

可哀想《かわいそう》だと同情されたり、大変だなと云われることはよくある。だけど、頑張りを認めてもらえることはあまりない。

「……まあ、それなりにな」

「仕事もプライベートも忙しいのに、よく俺のこと追いかけてましたね」

「……っ、べ、別に四六時中見張ってたわけじゃねーからな！」

急に痛いところを突かれてしどろもどろになってしまう。

「そうなんですか？」

「会社とか、通勤のときとか、駅の近くで見かけたときだけだ」

云い訳の言葉は尻窄《すぼ》みになっていく。

（偶然すれ違えたら、その日一日幸せに過ごせるってだけで……。ちょっと後ろをついていったりもしたけど……）

つい心の中で云い訳をしてしまう。だからといって許されるわけではないのだが。

疲れているときに九条の笑顔を見ると、それだけで癒やされた。いうなればアイドルのようなものだ。九条が頑張っているのだから自分も頑張ろう。そんなふうに気持ちを奮い立たせていた。

「何だ、そんなのストーカーとは云わないですよ。好きな人のことなら、誰だってそんなふうに目で追っちゃうと思いますけど」

「そ、そうなのか？」

「そんなに罪悪感抱かなくても大丈夫ですよ。恋するってそういうことじゃないですか？」

「恋――」

九条の言葉に、目から鱗《うろこ》が落ちたような気持ちになった。

「ところで、涼太には俺のこと何て話してたんですか？」

「……会社のやつだって云っただけだ」

いまさらそれを訊くかと眉根を寄せながら、差し障りのない返事をする。

「『好きな人』じゃなかったんですか？」

「……っ」

楽しそうな声音で云われ息を呑む。どうしても巽にそれを認めさせたいらしい。

「写真を見られたからやむを得ず説明しただけだ」

気まずさから口早に告げる。

「てきとうにごまかせばよかったのに」

「涼太には嘘はつきたくないんだよ」

一つ嘘をつけば、また次の嘘をつくことになる。仕方のない嘘だとしても、あとから辻褄《つじつま》が合わなくなるくらいなら本当のことしか口にしたくはない。

その代わり、まだ伝えられないことは正直にそう云っている。大人になったら話すから、と云えば涼太は理解してくれる。

歳《とし》のわりに聞き分けがいいのは、幼くして母を亡くしたという境遇故だろう。たまに大人がはっとするようなことも云う。

「巽さんて本当に真面目ですよね。写真のことだって、自分で云わなかったらバレなかったのに」

「ばか正直だって云いたいんだろう」

「そうとも云いますね。でも、俺は巽さんのそういうところ好きですよ」

「……っ!?」

不意打ちの爆弾発言で心臓にダメージを食らう。自分と九条では同じ言葉でも意味合いも重さも違うのだから、気安くそういう言葉を口にしないでもらいたい。

「そうだ、巽さんが撮った俺の写真見せて下さいよ」

「そ、それはちょっと……。ちゃんと自分で消すから心配するな」

「消さなくてもいいから見せて下さい。ただの興味本位です」

眩しすぎる笑顔で右手の手の平を見せてくる。いいから寄越せ、ということだろう。

「……わかった」

観念し、スマホのロックを解除して九条に渡す。九条の写真以外、見られて困るものはない。

「ほとんど俺と涼太の写真ですね」

九条はカメラロールをスワイプさせながら写真を確認していく。

「こんなところ撮られてたなんて全然気づかなかったな。巽さん、写真撮るの上手いですね」

「………」

写真の腕を褒められても居たたまれないだけだ。

「これ、去年のキャンペーンの試飲会のときのやつですよね」

「ああ」

夏に大きなターミナル駅の駅前広場で、新商品のお披露目《ひろめ》を大々的に行ったのだ。新世代のチューハイと銘打ったその商品は目標を超えて大きく売れた。一時期は生産が追いつかなかったほどだ。

「懐かしいな。このとき迷子の男の子がいて、一緒に親御さんを探したんですよ」

「……へえ、そうだったのか」

初めて聞くような答えを口にしてはいるが、そのときのことはよく覚えている。

泣きわめくようなことはせず、唇を引き結んでぐっと我慢しているような子供だった。あの男の子は昔の自分に似ていたから気になったのだ。

巽も同じように迷子になったとき、誰にも見つけてもらえない寂しさを耐え忍んだ。泣いていないからといって平気なわけではない。心細さを耐えているだけなのは、涙で滲んだ目尻でわかる。

いっそ泣きわめいてしまったほうが注目を浴びて見つけてもらえる確率は上がる。だけど、子供の時分にそんなことはわからないし、第一泣くのは恥ずかしいことだと思っていた。

巽が声をかけようとした矢先、九条がその子の前にしゃがみ込んだ。

『そこで試飲会やってるんだけど、よかったら飲んでみない？』

そう云って差し出した自社製品は試飲用のものではなく、男の子のためにわざわざ買ってきたようだった。

九条はインフォメーションセンターへその子を連れていき、親が迎えにくるまでつき添っていた。

九条のことはその日まで、見た目ばかり鼻につくいけすかない男だと思っていた。けれど、彼の振る舞いを近くで見て、それが偏見からの思い込みだとわかった。

斜に構えていた自分が恥ずかしくなったのと同時に、往生際悪く認めずにいた九条への気持ちを受け入れざるを得なくなった。

他の誰かに笑顔を向けることにムカムカしていたのは、無意識の嫉妬だったのだろう。自分の気持ちに気づかず苛立《いらだ》っていたなんて、滑稽にも程がある。

「これより前の写真はないんですね」

「さあな。よく覚えてない」

慣れない嘘がバレないよう、わざとらしくビールを呷《あお》る。あの日から、思春期をやり直すかのように毎日ドギマギとしている。

ただ見つめているだけで幸せだったから、こんなふうに二人で過ごす時間が訪れるなんて夢すら見ていなかった。

（夢、みたいなもんだよな）

ただの非常事態であって、これがこの先も続くわけではない。間違っても勘違いしないようにしなければ。

「――一つ、約束してもらってもいいか？」

「約束？」

「『恋人のふり』だが、涼太にはバレないようにして欲しい。中途半端にバレたとき、あいつに上手く説明する自信がない」

「確かに混乱させることになりそうですしね」

涼太が九条を引き留めようとしたのは、巽のためもあるのだろう。生意気にも仲を取り持とうとしている気配がある。

自分たちが親しくしているのがただのふりだったと知ったら、がっかりするに違いない。大人の事情を理解させるにはまだ早すぎる。

「それと……ああいうことは困る」

「ああいうことって？」

「だから、その、キスとかそういう……」

恋人のふりだけということはわかっていても、ああいうことをされると心臓が持たない。

（九条にとっては、握手程度のことなんだろうけど）

恋愛経験のほとんどない巽には刺激が強すぎた。そもそも、さっきだってキスのふりで充分だったのではないだろうか。

「わかりました。詳しいルールを決めましょうか」

「そうだな」

二人でルールを話し合うことにした。始めから決めておけば、不意の事態に動揺することも減るだろう。

「まずキスはなしってことで。でも、恋人っぽく見せるためにはある程度の接触がないと不自然だと思うんですよね」

「まあ、必要に迫られた場合はやむを得ないが……」

その接触とやらがどの程度なのかが問題だ。もし本当に恋人同士だったとしても、人目があるところでイチャつく必要があるとは思えない。

「それじゃ、ハグと手繋ぎはＯＫでいいですか？」

「うっ……どうしてもってときだけなら……」

指先が触れるだけでも緊張するのに無茶を云う。

「わかりました」

「そもそも、会社ではどうするつもりだ？　そのストーカーがどこの誰かわかってないんだろう？」

それだけ長い間正体を摑ませずにストーキングしているのだから、考えたくはないが同じ会社に入社している可能性だってある。

九条は相手が女性だと思い込んでいるようだが、男の可能性もあるのではないだろうか。

（少なくとも同世代だろうな……）

歳の離れた人間が周囲をうろついていればかなり目立つ。怪しまれずそばにいるには、周辺に溶け込むか、人前で興味がある素振りを見せていないかのどちらかだ。

「普通に親しくしてればいいと思います。時間が合うときは二人でランチしたり、一緒に帰ったり」

「昨日までお前とはほとんど口をきいてなかったんだが、急な変化は怪しくないか？」

九条と急に親しくし始めたときの社内の女性社員たちの反応が恐ろしい。

「親しくなるきっかけなら、今日のことで充分じゃないですか。会社をクビになるところを助けてもらったんですよ？　それも事実ですしね」

「それもそうか」

「趣味が合うことがわかって意気投合して親しくなった、という流れでどうですか？」

「まあ、理由としては無難だな。けど、その〝趣味〟はどうするんだ？　詳しいことを聞かれたら困るだろ」

絶対、同僚たちに根掘り葉掘り訊かれるはずだ。付け焼き刃の理由では、すぐに言葉に詰まってしまう。

「そうだな、スポーツはどうですか？」

「昔は野球一筋だったが、涼太がいるからここ数年はグローブすら触っていない。そんな時間もないしな」

「それじゃ、映画あたりが無難かな。巽さんはどんなのが好きなんですか？　最近どんなの見ました？」

「映画？　最近は涼太につき合って見にいくだけだから、アニメと特撮だけだぞ」

学生の頃はたまに評判になっているハリウッド映画に足を運ぶことはあったけれど、就職してからは見ることもなくなった。

「じゃあ、俺のオススメのやつ貸しますから見て下さいよ」

「時間があったらな」

涼太と暮らすようになってからはゆっくりテレビを見る時間もない。

「じゃあ、デートで映画を見にいくのはどうですか？」

「デート!?」

ぎょっとして顔を上げると、九条は巽をまっすぐ見つめ、反論されるなど思ってもいない笑みを浮かべて云った。

「『恋人』なんだからデートくらい当然でしょう？」

「……ッ」

ばちっとウインクされ、息が止まる。云いたいことは色々とあったけれど、様になりすぎた気障《きざ》な姿に呼吸が上手くできない。

「涼太も一緒に三人で出かけたら楽しいだろうな」

本当に楽しそうに計画を立てる九条に、巽は何も云えなかった。

4

爽やかな朝陽がカーテンの隙間から注ぐ中、心地よく微睡《まどろ》んでいた巽ははたと目を覚まして飛び起きた。

「寝坊した……っ」

差し込む光の角度から、寝過ごしたのは明白だ。鳴らなかった目覚まし時計を見るともう八時を過ぎていた。

休みの日は大抵、早く起きた涼太が巽を起こしにくるのに、今日はどうしたのだろう。

もしかして、具合でも悪いのでは——と思いかけたそのとき、部屋の外から何かが焼けるような甘い匂いが漂ってきた。

「……ホットケーキか？」

涼太には一人でキッチンに立たないよう云いつけている。巽のいないところで勝手に火を使うことはないはずだ。

そもそも、一人でホットケーキを作れるわけがない。何が起こっているのか確認しようとベッドから抜け出すと、ドアの向こうから話し声が聞こえてきた。

「あんまり混ぜすぎないようにな」

「このくらい？」

「お、上手だな。涼太は料理の素質があるな」

「ほんとに⁉　やったー！」

二人の楽しげな笑い声に、昨日の記憶が一気に蘇《よみがえ》ってくる。

（そうだ。九条が泊まっていったんだ――）

九条を冤罪から助けたら、何故か彼の恋人のふりをすることになった。その流れでやむを得ず家に連れて帰ることになったのだと思い出す。

滅多に我が儘を云わない涼太が、昨日は九条に帰らないでと駄々を捏ねた。

人見知りの気《け》もある涼太だが、九条には一瞬で懐いた。以前から巽の写真を見て顔を知っていたからかもしれないが、不思議なほどに意気投合していた。

九条も子供の扱いが上手く、初めて来たとは思えないほど寛《くつろ》いでいた。

音を立てないようそっと引き戸をスライドさせ、隙間から覗くと九条と涼太が和気藹々《わきあいあい》とキッチンに立っていた。

（ウチの台所に九条が……）

夢のような光景につい見入ってしまう。無意識にスマホを探している自分に気づき、我に返って反省した。

ありえない貴重な光景ではあるけれど、盗撮は二度としないと九条に誓った。

「きょーへーはゆーじんのことすきだけど、ゆーじんはきょーへーのことすき？」

「⁉」

突然落とされた涼太の爆弾発言に心臓が口から飛び出しそうになる。

「もちろん好きだよ」

「どんなところがすき？　おれはね、やさしくてかっこいいところ！　おれがこまったなっておもってるときにいつもきょーへーがきてくれるんだ」

「巽さんは涼太のヒーローなんだな」

「うん！」

普段は聞けない涼太からの評価に、思わず涙ぐんだ。保護者として至らない面ばかりなことを反省することが多かったけれど、あんなふうに思っていてくれたと知り胸が熱くなる。

「俺にとってもヒーローかな。昨日、俺は絶体絶命のピンチだったんだけど、助けにきてくれたんだ」

「そうだったんだ」

「味方が全然いなくて心細かったから、本当に嬉しかった。駆けつけてくれたときの巽さん、めちゃくちゃカッコよかったよ」

巽が聞き耳を立てていると知らないからこその九条の発言だろうが、聞いているほうは瀕死《ひんし》のダメージを食らっていた。

涼太に気遣っている部分はあるだろうが、わざわざ嘘やお世辞を云う必要もない。つまり、大筋で本音を云っているということだ。

「だってきょーへーはかっこいいもん」

「自慢の叔父《おじ》さんなんだな」

「まあね」

涼太はまるで自分のことのように自慢している。

「あのね、ゆーじんはきょーへーとずっとなかよしでいてくれる？」

「俺もできたらずっと仲よしでいたいなって思ってるんだ」

「よかった！　ぜったい、きょーへーもよろこぶよ！」

ダメージの大きい会話に膝《ひざ》から崩れ落ち、火照《ほて》る頬をベッドに戻ってそこに押しつける。こんなとき、どんな顔をしたらいいのかわからない。

「きょーへー、まだおきてこないのかな？」

「パンケーキが焼けたら起こしてくるよ」

「！」

会話の流れにギクリとし、巽は反射的に顔を上げた。

部屋に入ってこられるのは困る。ニヤけた顔も見られたくはない。慌てて頬を指で引っ張って揉《も》み解《ほぐ》し、ポーカーフェイスに作り直す。

表情はどうにかなったが、赤面の名残《なごり》を消すのは難しい。九条と顔を合わせる前に顔を洗って冷やしておきたい。

そのためにはどうにかして気づかれないよう洗面所へと辿《たど》り着く必要がある。九条が背中を向けている隙にその横を通りすぎるしかない。

巽は急いで着替えをすませ、手櫛《てぐし》で髪を整えると、再びキッチンの様子を窺《うかが》った。

巽の部屋はリビングの横にあり、キッチンの横を通らなければ洗面所には辿り着けない間取りになっている。

（よし、いまだ――）

九条が廊下側に背中を向けた瞬間にスタートを切る。気配を消し、足音を立てないように進んだのだが、あえなく涼太と目が合ってしまった。

「……！」

口許《くちもと》に人差し指を立て、内緒にしてもらおうとしたけれど、いくら聞き分けのいい五歳児でもそこまで空気を読んではくれない。

「あっ、きょーへーだ！」

涼太の声に九条も振り返る。

「おはようございます、巽さん」

「……っ、お、おはよう」

向けられた朝陽より眩しい輝くような笑顔に胸を打ち抜かれる。

（……朝から心臓に悪い……）

昨日でだいぶ慣れたと思っていたが、改めて正面から対峙《たいじ》すると狼狽えてしまう。顔だけでなく、佇《たたず》まいが尊すぎる。

朝から一ミリも隙がない。自分のスウェットを身に着けていることも萌えポイントの一つだった。

「よく寝られましたか？　気持ちよさそうに寝てたから起こすの忍びなくて」

「!?」

つまり、寝顔を見られたということだ。みっともない顔で寝ていなかったかと不安になる。

「お、お前こそ寝心地悪くなかったか?」

「よく寝られましたよ」

九条が寝ていたのは、リビングにあるベッドにもなるソファだ。巽が泊まりにくるときのためにと姉が買ってくれたものだった。やや足ははみ出すけれど、眠るぶんには問題ない。

こんなふうに役に立つ日が来るなんて思ってもみなかった。

「いま、涼太と一緒に朝食を作ってるんです。もうすぐできるから、顔洗ったらテーブルで待ってて下さい」

「きょーへー、はやくかおあらってきて!」

「いま行こうと思ってたんだよ」

「はやく!」

「はいはい、わかりました」

涼太に急かされ、洗面所に向かう。そもそも、見つかる前に行こうとしていたところを足止めしたのは涼太なのだが。

(こっちの気も知らないで……)

顔を洗って鏡を見たら、寝癖で髪が変な方向に立っていた。これを九条に見られたのかと思うと、いまになって恥ずかしくなってくる。水で濡《ぬ》らして髪を押さえつけるが、手を離すと跳ねてしまう。

「くそっ」

一旦諦めて、まずは髭《ひげ》をあたることにした。

「できたぞ、涼太。テーブルに運んでいってくれ」

「うん！」

キッチンから聞こえてくる会話を聞いていると、不思議な気持ちになる。未だに現実とは思えない状況だ。

いつもより念入りにアフターシェービングローションを肌に叩き込んでいるのは、リビングに戻る勇気が持てないからだ。

「きょーへーできたよー！」

「いま行く！」

そろそろ観念しないとならないようだ。いつもよりも丁寧に歯を磨いてから、寝癖を手で押さえながらダイニングを兼ねているリビングへと戻った。

「はやくはやく」

「急かすなって」

ぐいぐいと背中を押され、テーブルにつく。

「じゃーん！　とくせいホットケーキだよ」

そこに並んでいたのはいびつな形のホットケーキとホテルの朝食で出てくるようなツヤツヤのオムレツだった。

涼太は目を輝かせながら、巽の反応を待っている。漏れ聞こえていた会話から、状況は薄々察することができたが、涼太にとってはサプライズだったようだ。

「もしかして、このホットケーキ涼太が焼いたのか？」

期待に応えるため、大袈裟に驚いてみせる。

「うん！」

「初めてでこんなに上手に焼けるなんてすごいな」

「えへへ、そうかな」

「焦げてないし、ちゃんと膨らんでる」

「はやくたべてみて！」

「いま食べるよ」

涼太にじっと見つめられる中、添えられたナイフとフォークで切り分けて一口食べる。

「どう？　おいしい？」

「美味い。俺が作るより上手いんじゃないか？」

同じホットケーキミックスで作ったはずなのに、涼太が焼いたと思うとそれだけで感動的に美味しい。

大袈裟でも何でもなく、偽らざる本音だった。ちょうどいい焼き加減で、ふんわりと仕上がっている。

これまで何回も作ったことはあるけれど、焼きすぎて焦げてしまったり、生焼けでレンジで温め直したりと失敗作続きだ。

「やったー！」

「巽さん、俺のオムレツも食べてみて下さいよ。今日のは我ながら上手くできたと思うんですよね」

「何張り合ってんだよ……」

九条は涼太のノリに合わせるように、巽に自分の焼いたオムレツを勧めてくる。

「いいから、食べてみて下さい」

にこにこと見つめてくる九条の眼差しに緊張してしまう。何故か、涼太までわくわくした表情で見つめてくる。

早く食べてしまわなければ、この視線からは逃れられそうにない。意を決して、オムレツを掬《すく》って口に運んだ。

「……美味い」

口に入れた途端、オムレツは舌の上で蕩《とろ》けていった。卵の優しい味とバターの香りが口の中に広がる。まるでホテルの朝食で出るような一品に目を剝《む》いた。

「よかった、オムレツは得意料理なんです」

「これどうやって作ったんだ？」

「冷蔵庫の中にあった卵でですけど。味つけは塩コショウに、涼太が卵焼きは甘いほうが好きって云ってたから砂糖もひとつまみ入ってます」

作り手が違うだけでこんなにも味が変わるのかと驚いた。

「きょーへー、オムレツのつくりかたおしえてもらってよ！　おれ、まいにちたべたい！」

涼太を見ると、口の周りを黄色くしながらオムレツを平らげていた。

「無茶云うなよ、俺に作れるわけないだろう。ああもう、口の周りべたべたじゃないか」

「だって、おいしいんだもん」

「そんなに喜んでもらえると、腕を振るった甲斐《かい》があるな。食べたくなったら俺を呼んでくれればいつでも作るよ」

「ほんとに？　やったー！　やくそくだよ！」

「ああ、約束な」

涼太と九条はテーブルごしに小指を絡ませて指切りをしている。ほんの少しだけ、涼太に嫉妬心を覚えてしまった。大人げない自分が恥ずかしくなる。

「——こういうのいいですね」

「ん？」

ぽつりとした呟きに顔を上げる。

「俺、昔からこういう家族団欒《だんらん》に憧れてたんです。賑やかな食卓っていいですよね」

「お前のところは兄弟も多いんじゃなかったか？」

噂では兄弟の末っ子だという話だ。

「姉たちがいますけど、歳が離れてるので一緒に遊ぶことはなかったですね。両親も忙しくしてて、一緒に食事を摂れるのは週末だけでしたから」

「名家も大変だな」

巽のような庶民には想像もつかない苦労がありそうだ。九条はらしくない自嘲気味の笑みを浮かべた。

「ウチって本当に古い家なんですよね」

「でも、お母さんがイギリスの人なんだろう？　偏見かもしれないけど、反対とかなかったのか？」

「代々続いているような旧家では、結婚相手の家柄も気にしそうなイメージがある。

「親戚筋からの非難がすごかったみたいですね。元々父は家を継ぐ気がなかったみたいで、駆け落ちも考えたみたいですけど、現実はドラマみたいにいかないじゃないですか」

「まあな……」

柵というものは簡単には断ち切れない。人との繋がりが救いになるときもあれば、足枷になるときもある。

「そのときの騒ぎの心労で祖母が寝込んじゃったらしくて、家に戻ることにしたらしいです。結婚だけは押し切ってくれたから、いまこうして俺がいるんですけど」

寂しげな表情に、九条の苦労が伝わってくるようだった。華やかな面ばかりが目立っていても、それぞれに抱えているものはあるということだ。

「やっぱり強引に結婚した引け目もあるみたいで、父も母もずっと仕事とかつき合い優先でしたね。口さがない外野を黙らせるために会社を大きくして、子供は優秀に育てないとってプレッシャーもあったみたいです。もうそんな時代でもないはずなのに」

「…………」

こういうとき、どう言葉をかけていいかわからない。安易な慰めは九条を不快にさせてしまう可能性もある。

「テレビで見るような食事シーンはドラマの中だけだと思ってたから、友達の家に遊びにいったとき本当にビックリしましたね。実際はウチのほうが特殊なんでしょうけど……あ、すみません、朝から辛気くさい話して」

思わず口をついて出てしまったといった様子だった。

「いや、俺のほうこそ余計なこと訊いてすまん」

「こんな話、人にしたことなかったんですけど」

「口は堅いほうだから心配するな」

「あ、いえ、そういう意味じゃなくて、巽さん相手だと話しやすくて本音が出ちゃうみたいです」

「そんなこと初めて云われた。威圧感があって落ち着かないってのはよく云われるが」

「それは巽さんのことを知らないからですよ」

「知ったからって見た目はどうしようもないしな」

「そんなことないです。昨日と今日だけで巽さんの知らなかった表情をたくさん見られましたし」

「も、もうこの話はいいだろ。涼太、ミニトマトもちゃんと食べろよ」

涼太がつけ合わせのトマトをフォークの下に隠して食事を終えようとしているのを見つけ、これ幸いと話題の転換に使った。

好きな相手の口から語られる自分の話は居たたまれなさすぎる。

「え〜たべなきゃダメ？」

「一個だけでいいから」

「トマト嫌いなのか？」

「うーん、あんまりすきじゃない……」

フルーツトマトは好きなんだけど、生は苦手なんだよな」

フルーツトマトという種類のものを買ってみたこともあるけれど、それもあまり美味しいとは思えなかったようだ。

「じゃあ、生のトマトの青臭さと食感が苦手なのかもしれないですね。トマトも卵と一緒に焼いとけばよかったな」

「やくとどうなるの？」

「青臭さがなくなって甘みが強くなるんだ。トマトソースが大丈夫なら、美味しく食べられるんじゃないかな？」

「そうなんだ！　それならおれもすきになれるかも」

「今日はとりあえず、そのまま頑張って食べとこうな。一個食べたら、残りは俺がもらうからさ」

「わかった」

涼太は九条の励ましもあって、渋々口の中に小さいほうのミニトマトを入れる。難しい顔で咀嚼《そしゃく》している。嫌々ではあるけれど、前向きに食べてくれてほっとした。

「あ、そうだ。タオルとか勝手に借りました」

九条も察してくれたのか、話題を変えてくれた。

「すまん、昨日のうちに用意しとけばよかったな。新しいシェーバーもあるけど使うか？」

歯ブラシは出張のときに持って帰ってきた未使用のものを渡したけれど、男の身支度にはシェーバーが必要だ。

「つーか、お前髭伸びないのか？」

あまり直視しないようにしていたから気づかなかったけれど、九条の顎《あご》に無精髭は見当たらない。

美形は髭すら生えないのだろうか。

「何云ってるんですか、伸びるに決まってるでしょう」

「けど、生えてるようには見えないぞ」

「もう携帯用ので剃《そ》りました」

「携帯用？　お前、普段からシェーバー持ち歩いてるのか？　広報は出張なんてあんまりないだろ？」

営業職は急な出張が入ったりするため会社に宿泊用のセットを置いていたりするが、広報にその必要があるとは思えない。

「急に取材が入ったりするので、あると便利なんです」

「そうか、お前うちの会社の顔だもんな」

九条は〝イケメン広報〟として取材を受けることも多い。急に身支度を調《ととの》える必要が出てくるときもあるのだろう。

「そうだ、今日は家に帰っても大丈夫そうか？」

「そうですね、いくらなんでも一晩中見張られてるとは思えないですし」

「何があるかわかんねーんだから、気をつけて帰れよ」

直接的な行動には出てきたことはないといっても、いつエスカレートするかはわからない。そんなに長い間追いかけていたら、思い詰めてしまう日が来る可能性だってある。

「ありがとうございます。巽さんは今日は何して過ごすんですか？」

「溜まった洗濯物を片づけて、涼太と買い物に行くくらいかな。涼太の服がキツくなってきたから新しいのを買いたいし、あとはお遊戯会の衣装を作らないとならないからその材料だな」

ぼんやりと考えていた予定を指折り数える。他にもしなければならないことがあったような気がするけれど、いまは思い出せなかった。

洗濯機はタイマーをかけてあるから、もうそろそろ終わるはずだ。乾燥させた服を取り出して再度回さなければ一週間分の洗濯物は片づかない。

「お遊戯会の衣装って巽さんが作るんですか？」

「他にいないからな」

裁縫なんて小中学校の家庭科の授業以来縁がなかったが、涼太と暮らし始めてからは逃れられないものとなった。

手提げや巾着などは買い揃えて事なきを得たけれど、ボタンをつけたり、ネームタグをつけたりと、細々とした作業は巽がやるしかない。

涼太が恥を掻かない程度のものが作れればいいのだが、正直なところあまり自信はなかった。

「おれ、オオカミやくなんだよ！」

お遊戯会の話題に食いついた涼太が自慢げに報告する。

「へえ、涼太のオオカミなら強そうだな。演目は何なんですか？　赤ずきんちゃんかな？」

「〝三匹じゃないこぶた〟」

「え？」

「〝三匹のこぶた〟のアレンジ版。みんなで演じられるように、オオカミもこぶたも人数が増えてるんだよ。涼太はオオカミB」

台詞《せりふ》をみんなで分け合い、一つずつ覚えることになっている。子供たち全員に見せ場があるのはいいことだが、教える先生たちの苦労が偲《しの》ばれる。

「なるほど。役の奪い合いにならないようにってことですね」

「最後は和解して、みんなで仲よく暮らすんだと」

急に体調を崩して休む子が出てくる可能性もあるからと、正式な演目は当日の人数で決定するらしい。

「いまどきですね。巽さんはお遊戯会で何やりました？」

九条の問いに淡い記憶を探る。遠い昔のことすぎて、あまりよく覚えていない。

「俺のとこは歌だったかな？　何歌ったかまでは覚えてないけど。どうせお前は王子様役だったんだろ？」

「いえ、お姫様です。俺、小さい頃女の子みたいに可愛かったので」

「あー……」

容易に想像がつく。現在の美貌から想像するに、さぞ可憐《かれん》なお姫様だったことだろう。

（すげー見てみたい）

湧き上がる好奇心を抑え込む。

「そういう衣装は保護者が作るんですね」

「お前のとこは違ったのか？」

「ウチは業者が作ったやつだったかと。保護者から制作費は集めてたんでしょうね」

九条の家は名の知れた名家だと聞いている。幼稚園も良家の子女ばかりが通う名門に行っていたに違いない。

「それで巽さんは何を作るんですか？」

「オオカミの耳と尻尾を作ってこいとさ。型紙と耳をつけるカチューシャは配布されたから、多分どうにかなるはずだ」

裁縫なんて、中学の家庭科の授業以来のことだ。保育園で必要な手提げなどのアイテムは買うことができたけれど、今回ばかりはそうはいかない。

あとは黒っぽい服を用意しろと書いてあるが、それは手持ちのもので間に合いそうだ。

「着ぐるみ作るわけじゃないんですね」

「素人《しろうと》にそんなもの作れるか」

「確かに」

上手く作れる自信はないけれど、涼太に恥を掻かせることだけは避けたい。いまは手本となる動画などもあるからどうにかなるだろう。

「ねえ、ゆーじんもいっしょにおかいものいこうよ！」

「こら、涼太。九条にも都合があるんだから無茶云うな」

無理を云って泊まってもらったのに、これ以上振り回すわけにはいかない。

「えー、ゆーじんもいっしょのほうがたのしいよ！」

「巽さんがよければついていきたいんですけどダメですか？」

どう涼太を説得しようかと頭を悩ませていたら、九条が助け船を出してきた。巽ではなく、涼太にだが。

「おい、涼太に気を遣わなくてもいいんだぞ？」

「俺がもっと二人と一緒にいたいんです。巽さんのこともよく知りたいし。巽さんは俺がいると迷惑ですか？」

「……っ」

するすると出てくる甘い言葉には感心する。こんなふうに云われたら、誰だって断れないだろう。

迷惑ではないが面倒ではある。

「ねえ、きょーへーいいでしょ？」

「巽さん、ダメですか？」

二人にじっと見つめられ根負けした。

「……好きにしたらいいだろう」

「やったー！」

「ありがとうございます」

涼太と九条は二人でハイタッチをしている。何となく疎外感を覚え、食べ終わった皿を手に席を立つ。

「退屈しても知らないぞ」

「巽さんと一緒にいて退屈なんてするわけないじゃないですか」

「お前、絶対俺のこと面白がってるだろう」

「まあ、否定はしません」

九条も同じように立ち上がり、巽のあとをついてくる。シンクに皿を置きながら、涼太には聞こえないくらいの声で耳元に囁《ささや》いてきた。

「それに恋人の家に泊まったのに、次の日直帰は怪しいでしょう？」

「!?」

吐息が耳に触れ、びくっと反応してしまいそうになった。必死に意識しないように努めていたのに、これで水の泡だ。

「初デート、楽しみですね」

「……っ!?」

耳に吐息が触れ、反射的に押さえて体を引く。こちらの反応を楽しんでいる九条を睨みつけるが、眩しすぎる笑顔に苛立ちも続かなかった。

九条が手伝ってくれたお陰で溜まっていた家事はあっという間に終わり、予定よりも早く出かけられることになった。

「服、ありがとうございました」

「そんなのしかなくて悪かったな」

スーツしか着替えのない九条に服やスニーカーを貸すことになったのだが、ただの白いコットンシャツにチノパンでも九条が着ると高級そうなブランド品に見えるから怖い。

「充分着心地いいですよ？　身長が同じくらいだから助かりました」

「足の長さは全然違うけどな……」

巽も決して足が短いほうではないが、九条の腰の高さは目を瞠《みは》るものがある。中途半端な長さになったズボンは折り曲げられた。

「きょーへー、トイレいってきた！」

「よし。じゃあ出かける準備な。ハンカチとティッシュは持ったな」

「うん」

頷《うなず》く涼太の首に迷子札をかける。姉お手製のお守り袋の中に、名前と住所、保護者である巽の連絡先が入っている。

「帽子も被った。あと何だ？」

「うーんとね……あっ、あとスマホ！」

「おっと、そうだったな」

涼太に指摘されて、大事なことを思い出す。ポケットから取り出し、設定を変える。

「それ、巽さんのスマホですよね？」

「ああ。出かけるときは迷子対策に涼太に持たせてるんだ。万が一はぐれても紛失モードである程度の場所を特定できるだろ？　小学校に上がったら、涼太用のキッズケータイを買おうかと思ってるんだが、いまはこれで間に合ってるからな」

「なるほど。でも、紛失モードの検索はどうするんですか？」

「タブレットがあるから、それで調べられるようにしてある」

普段は自宅に置きっ放しになっているけれど、二人で出かけるときはしっかり充電して持ち歩くようにしていた。

「きょーへー、しゃしんとろう！」

「ちょっと待て。いま撮るから」

スマホのカメラを起動し、すまし顔の涼太の写真を一枚撮る。

「出かける前に記念写真ですか？」

「保育園の先生に教えてもらったんだ。出かける前に写真を撮っておけば、迷子のときに服装を伝えやすいって。いざとなると何着てたか思い出せなかったりするし、一回大変な目に遭ったからな」

「何があったんですか？」

「この顔だろ？　だから、誘拐犯と勘違いされて、誤解を解くのに苦労したんだ。ご両親に連絡をって云われても無理だし、連絡が取れる親戚もいないし。保育園の園長先生に来てもらって、ようやく解放してもらえたよ」

「それは災難でしたね……」

巽の年齢が父親にしては若いせいもあったのだろう。半日ほど経《た》って再会できた涼太は相当不安だったようで、しばらくはトイレに行くときもくっついてくるほどだった。

「だから、一緒に写ってる写真も撮っておくようになったんだ」

「きょーへー、はやくとろうよ」

「俺が撮りましょうか？」

「あっ、そうだ！　ゆーじんもいっしょにとろうよ」

「え!?」

涼太の提案に、声が裏返る。九条と一緒に写真に写るなんて、考えたこともなかった。

「それ、いいな。スマホ貸して下さい。俺がシャッター押しますから」

「い、いや、一緒って、男三人だと窮屈だろ」

「くっつけば大丈夫ですよ。涼太は真ん中な」

「うん！」

無邪気に位置取りをする涼太をよそに狼狽えてしまう。

（いやいやいや、どう考えても無理だろ！）

一緒になんて、どんな顔で写ればいいかわからない。

「巽さんも屈んで下さい」

「こ、こうか？」

「そんなに離れてたら顔切れちゃいますよ」

「うわっ」

涼太を挟んで屈んだところで、肩を強く抱き寄せられた。力強い指の感触や吐息を感じる距離に心臓が止まりそうになる。

「じゃ、いくぞ。３、２、１」

叫び出しそうになるのを必死に堪《こら》えているうちに、顔を作る間もなくシャッターを切られてしまった。

「巽さん、顔赤いですよ」

「ほんとだ、まっかっか！」

「く、くっついてたから暑くなったんだよ！」

心臓が煩《うるさ》すぎるくらい早鐘を打っている。好きな人と密着して平静でいられる術《すべ》を誰か教えて欲しい。

「もう一枚撮りますか？」

「一枚あれば充分だ」

撮り直したい気持ちはあったけれど、何枚撮ったところでヘンな顔になってしまうのは目に見えている。

「とっとと出かけるぞ！」

涼太のリュックにスマホをしまい込み、気まずさをごまかすために二人を急き立てた。


「――って、何で俺が着せ替えされてるんだ!?」

云われるがままに何度目かの着替えをすませた巽は、納得のいかない状況に思わず吠《ほ》えた。

「涼太の買い物はすんだんだから、次は巽さんでしょ。はい、次はこれ着てみて下さい」

九条に商品を押しつけられ、試着室のカーテンを閉められる。タグのついたシャツを脱ぎ、新たに渡されたカットソーに腕を通す。

鮮やかな色味の服に抵抗感はあったけれど、何着も試着をさせられているうちに感覚が麻痺《まひ》してきた。

（何でこんなことに……）

洗濯物を片づけたあと、三人で向かったのは最寄り駅から数駅先にある駅前のショッピングモールだ。ここには手芸品店もあるし、手頃な子供服の店もある。

両手を巽と九条と繋いだ涼太は、いつも以上に上機嫌で弾むように歩いていた。

お遊戯会用の衣装の材料と涼太の新しい服を買い、三人でランチを終えたあと、九条に促されるままに入ったのはファストファッションの店舗だった。

『俺にコーディネートさせて下さい』

九条はそう云って巽を試着室に押し込んだあと、涼太と二人で服を選んではは運んできた。自分の服を買う気はなかったため辞退しようとしたのだが、着てみるだけでいいからと押し切られてしまった。

巽を着せ替え人形にしている二人は心底楽しそうで、抵抗する気も削《そ》がれてしまった。それに自分には似合いそうもない服を身に着けるのも意外に面白い経験ではあった。

「着替えましたか？」

「あ、ああ」

カーテンの向こうから声をかけられ、ドキッとする。云われるがままに普段着ないような服を身に着けているが、どうにも落ち着かない。

ウエストの位置を調整していたら、カーテンを開けられた。

「いい感じじゃないですか。さっきのよりこっちのほうが似合いますね。涼太もそう思うだろ？」

「うん！　いつもよりカッコいい！」

「そ、そうか？」

巽を乗せるための言葉だとしても、二人に褒められると悪い気はしない。

スキニージーンズも派手な色合いのカットソーも自分では絶対に選ばないものだ。身に着けるときは抵抗があったけれど、実際に着て鏡を見てみると不思議としっくり馴染んで見える。

「涼太も〝きょーへー〟がオシャレなほうが嬉しいよな？」

「……ッ」

不意打ちで下の名前を呼ぶのはやめてもらいたい。

「まあね。きょーへーはゆーじんをみならったほうがいいとおもう」

「……努力するよ」

したり顔で尤もらしいことを云う涼太に笑いを誘われるが、ここで笑ってしまうと彼のプライドを傷つけてしまいかねない。唇を引き結び、込み上げてくるものを我慢した。

「巽さん、体がガッチリしてててスタイルがいいから何着ても似合うんですけど、色味はこのくらい冒険したほうが顔色がよく見えませんか？」

「まあ、確かに……」

絶対に似合わないと思ったけれど、意外にもしっくりくる。上に黒のジャケットを羽織ることで派手さがぐっと抑えられているからかもしれない。

「たまにはこういう格好も悪くないでしょう？」

「たまには、な」

オフのときにスーツ以外でジャケットを羽織るという選択肢はほとんどなかったけれど、もう少し気軽に身に着けてみてもいいかもしれない。

「パーカー姿も可愛いですけどね」

「学生気分が抜けきれてなくて悪かったな」

巽の私服の大部分は学生のときに着ていたものだ。オシャレの方法がわからず、無難に黒っぽいものばかりを買っていた。

「悪いなんて云ってませんよ。俺は好きです」

「……っ」

まただ。九条は簡単に『好き』という単語を使う。

（くそ、俺の気も知らないで……）

いや、知っていて口にするのだから、尚《なお》、質《たち》が悪い。本人には口説いている自覚などないのだろう。周りの人間が自分のことを好きだという状況は九条にとってごく当たり前のことで、知っていることと意識することは別だ。

「俺としてはさっきのより、こっちのほうがお勧めです」

「見繕ってもらって悪いが、これ全部買うような予算なんてないぞ」

いくらファストファッションといっても、小遣いには限度がある。独り身なら稼いだ金を好きに使ってもいいだろうが、涼太の教育資金を考えたら無駄遣いはできなかった。

「このジャケットはクローゼットにあった黒いやつで代用してもいいですし、今日俺が借りたこのパンツに合わせても悪くないと思います」

「あー、なるほどな」

具体的な例を出されてイメージが湧く。それなら手持ちの一枚に加えてみてもいいかもしれない。

「お前が着てると俺の服じゃないみたいだもんな」

急遽《きゅうきょ》泊まることになったせいで着替えがなかった九条に服を貸したのだが、着ている人間が違うだけでこうも印象が変わるのかと驚きだった。着古したチノパンがビンテージものにすら見える。

勝手にクローゼットの中から選んでもらったのだが、自分では考えつかないコーディネートに舌を巻いた。

「巽さん、センスは悪くないのに保守的すぎるんですよ。モノトーンは無難でいいですけど、色を入れたほうが印象が柔らかくなりますよ」

「俺の印象なんて、誰も気にしないだろ」

「そんなことありませんよ。せっかく素材がいいのに勿体ないです」

「素材？　ただの綿だろ」

「そうじゃなくて、巽さんのことです。男前なんだから、もっと活《い》かせばいいのにって」

「ほ、褒めても何も出ないからな！」

まさか自分のことを云っているなんて思いもしなかった。九条のような完璧な男に褒められて、どう反応したらいいかもわからない。

「お世辞じゃないですよ。本当によく似合ってますよ。もっと体のラインが出るやつでもいいかもしれませんね。この筋肉とか隠しておくの勿体ないですよ」

「……っ」

無造作に胸板を触られ息が止まる。手つきが妙にエロいように感じるのは気のせいだろうか。

「ったく、お前はここの店員か。広報より営業のほうが向いてるんじゃないのか？」

「営業部に異動するのもいいですね。巽さん、引き抜いて？」

「お前を営業部に引き抜いたら広報のやつらに呪われるだろ」

会社きってのエースを奪っていったとなったら部署全体で恨まれそうだ。

「わかったよ、このカットソーだけ買ってくる。せっかく見繕ってもらったしな」

軽口でごまかしながら、赤くなった顔を見られまいと試着室のカーテンを閉めた。元の服に着替えながら、どうにか気持ちを落ち着ける。

(平常心、平常心)

呪文のように心の中で唱えていると、だんだんと自己暗示がかかってくるような気がする。

着替えをすませた頃にはいつもどおりの顔が作れるようになった。

「会計するからちょっと待っててくれ。涼太、このあとどうする？　どこか行きたいところあるか？」

「………」

巽の問いかけに答えることなく、涼太は深刻そうな顔で黙り込んでいる。そんな涼太の様子に九条も心配そうな顔になった。

「涼太？」

「おい、どうかしたか？」

巽の洋服選びに飽きてしまったか、眠くなってしまったのではないだろうか。子供は急に電池が切れるように眠くなってしまうことがある。

「わかった。疲れたんだろう？　これ買ったら帰ろう。眠いなら抱っこして――」

「あのね、おしっこもれそう」

「!!　ちょっと我慢できるか!?」

真剣な顔で黙り込んでいたのは、尿意を我慢していたからだったようだ。突然の申告に焦りを覚える。

「すまん九条、荷物見ててくれ！」

巽は涼太を抱え上げると、トイレを目指してダッシュした。


「間に合ってよかった……」

「うん、よかった」

すっきりした顔の涼太に手を洗わせ、ハンカチで拭いてやる。

「涼太、トイレに行きたいときはもっと早く云えって云ってるだろ？　間に合ったからいいけどな。次からは頼むぞ」

「はーい」

二人のときに緊急事態に陥った場合、あの荷物全部と涼太を抱えて走ることになる。頼ることのできる大人が一緒にいるだけでずいぶん楽だと気がついた。

（……って、俺が楽してどうするんだ！）

九条が自分と行動を共にしているのはストーカー対策のためだ。今日の買い物についてきたのは興味本位もあるだろうが、その大前提があるからこそだ。

そのストーカーはいまも九条を追い回しているのだろうか。同性の巽と交際しているふりをすることで異性は対象外だと思わせるというのが九条の作戦だ。

ストーカーの存在を忘れるくらい三人での買い物を楽しんでしまったが、親密さのアピールになったとは思う。

だが、この作戦は本当に功を奏するのだろうか。九条の意図を正しく受け取ったとして、目的の人物が九条から興味を失ったりするとは思えない。もし自分がその立場なら、驚きこそすれ落胆したり幻滅したりすることはないだろう。

「ねーねー、きょーへー」

「ん？」

考えごとに意識を取られていた巽は、涼太の呼びかけに我に返った。

「きょーへーはゆーじんとなかよくなれた？」

「なっ……何云ってるんだ!?」

不意の質問に狼狽える。涼太には恋人のふりをしていることは秘密だ。

「きょーへー、ゆーじんのことすきなんでしょ？」

「ま、まあな」

以前スマホの中の写真を見られたときに、正直に云わなければよかったと反省するしかない。

「きょーへーがゆってたんだよ。いっしょにあそべばいっぱいなかよくなれるって」

「あー…そんなことも云ったな……」

以前、巽が何気なく云った言葉を覚えていたようだ。

涼太が新しく入ってきた保育園の友達となかなか仲よくなれないことを悩んでいたとき、そんなふうにアドバイスした覚えがある。

「もしかして、九条に泊まってけって我が儘云ったのは俺のためだったのか？」

「そうだよ！」

やはり涼太に仲を取り持とうと思われていたとわかり、軽く衝撃を受けた。五歳児に気を遣わせてしまった至らなさに、内心頭を抱える。

「なかよしになれそう？」

「うーん、どうだろうな。少なくとも先週よりは仲よくなったかもな」

昨日までは挨拶が精々の関係だったことを考えると、急接近としか云いようがない。だけど、涼太が思うような友達同士ではない。

（いうなれば、契約者と被契約者ってところか？）

涼太なりに気を遣ってくれていることはわかっている。だからこそ、本当のことを云えない罪悪感で胸が痛んだ。

（偽《いつわ》りの『恋人』の役目が終わったら、どうなるんだろうな）

また挨拶するだけの関係に戻るのだろうか。逆にそれも気まずいように思うけれど、自分たちが普通の友人関係になるところはあまり想像できなかった。

「ゆーじん、きょーへーのことすきっていってたよ」

「へ、へえ……」

朝、自分の部屋から聞き耳を立てていたときの会話を教えられてドキリとする。自分の抱いている『好き』とは違う種類だとわかっていても、あの言葉は嬉しかった。

「おれはね、ゆーじんといっぱいなかよくなれたとおもう」

「そうだな。お前たちはずいぶん気が合うみたいだもんな」

「だって、ゆーじんいいやつだもん」

涼太の大人びた発言が微笑ましくて、目を細める。自分もこんなふうに衒《てら》いなく接することができればいいのにと涼太が羨ましかった。

さっきの店の前まで戻ると、九条は通路の柱に寄りかかって待っていた。スマホを眺めているだけの姿なのに映画のワンシーンのようで、通りすぎる客がちらちらと様子を窺っている。

近寄りがたい雰囲気に足を止めたタイミングで九条が顔を上げた。

「あっ、おかえりなさい」

ぱっと花が綻《ほころ》ぶような微笑みを向けられ、再び胸を射貫《いぬ》かれる。今日だけで数え切れないほどトキメキの矢が刺さっている。

「大丈夫でしたか？」

「え？　ああ、ぎりぎりセーフだった」

涼太のことを訊かれていると気がつき、結果を報告する。

（俺の心臓のほうはちっとも大丈夫じゃないけどな）

憧れの人のプライベートを知り幻滅することもあるだろうけれど、九条に関しては想いが膨らんでいくばかりだ。

いわば『アイドル』として見つめていただけだったのに、それ以上の気持ちが芽生えてきてしまっている。

「さっきのカットソー会計してくるから、涼太と待っててくれ」

「それなら、俺がすませておきました」

ショップ名が入った紙袋を手渡される。

「すまん、いくらだった？　レシート見せてくれ」

「これは俺からのプレゼントです」

九条の言葉にぎょっとする。

「何云ってるんだ、もらえるわけないだろ！」

「受け取って下さい。昨日のことと夕食をご馳走になったことと泊めてもらったお礼も兼ねてますから」

「いや、しかし――」

「今日は本当に楽しかったです。ありがとうございました」

キラキラとした笑顔でそう告げられてしまうと、何も云えなくなってしまう。

「おれもたのしかった！」

「また一緒に出かけてもいいかな？」

「うん、いいよ！」

涼太と九条のやりとりをよそに、複雑な気持ちで受け取った紙袋を見つめる。

幸せすぎて怖い、というのはこういうことなのだろうか。いつかしっぺ返しが来るのではと不安になっていたら、九条に耳元で囁かれた。

「次のデートで絶対着て下さいね」

「……っ!?」

さらりとデートという単語を口にされ、声が出なかった。さっき必死に整えた顔がまた赤くなる。

もしかして、九条に弄《もてあそ》ばれているのではないだろうか。脳裏に浮かんだ疑念を消す材料は見つからなかった。

5

「自宅待機!?」

月曜日、職場に足を踏み入れた矢先に聞かされた話に思わず驚きの声を上げてしまった。巽を見つけるなり、デスクに着くのも待たず青井が駆け寄ってきたのだ。誰かに話をしたくてそわそわしていたらしい。

「急展開すぎてビックリだよな。九条の冤罪が晴れたかと思ったら、今度はあの二人が自宅待機なんてな」

週が明けた途端の展開に頭がついていかない。あの二人というのは、新谷と沢井のことだ。彼らの処分は九条の件と関わりがあることは想像に難くない。しかし、自宅待機になる理由がわからなかった。

「相変わらず耳が早いな」

「ふははは、地獄耳の青井と呼べ」

青井はわざとらしい仕草で腰に手を当て、胸を反らせる。彼の社内の情報通ぶりにはいつも舌を巻く。情報源は明かしてくれないけれど、デマだったことは一度もない。

「九条とはあの件以来仲よくなったんだろ？　何か聞いてないのか？」

「いや、何も……。何であの二人が自宅待機なんだ？」

新谷と沢井が揃って謹慎になる意味がわからない。そもそも、沢井は被害者ではないか。

（話も聞かずに九条を犯人扱いしたからか？）

九条を追及する新谷の行動は性急だったとしか云いようがないけれど、自宅待機はさすがに重すぎる処分に思える。

社員の前で九条への疑いは晴れたことを説明し、あれで片はついたと思っていた。精々、ボーナスの査定に影響が出るくらいだろうと思っていたのだが。

巽が考え込んでいると、青井は耳元に顔を寄せて、さらに衝撃的なことを告げてきた。

「ここだけの話なんだけどな、九条のセクハラ疑惑、あれって新谷さんに仕組まれたことだったらしいぞ」

「はあ⁉　なんだそれ！」

「しー！　声が大きい！」

声の大きさを咎められ、慌てて辺りを見回した。まだ出社している社員は少なく、注目は集めていないことがわかりほっと胸を撫で下ろす。

巽は声のトーンを落とし、再度青井に確認した。

「仕組まれたことっていうのは、つまり新谷さんが故意に九条を陥《おとしい》れようとしてたってことか？」

〝あわよくば〟と〝故意に〟では悪意の質は同じでも大きな隔たりがある。

「そういうことだろうな。セクハラの冤罪なんて本当に悪質だよな。お前の証言もあったし、九条だから信じてもらえたんだろうけど、もし俺が九条の立場だったらと思うと恐ろしいよな」

沢井が被害に遭ったという時間に交番にいたというアリバイがあったから、すぐに信じてもらえたのだ。こういうデリケートな案件では、信頼や信用という目に見えないものでは擁護の材料には弱い。

「――ちょっと待て。沢井さんはどう関わってるんだ？」

「詳しいことまではわからんが、沢井さんもぐるだったとか何とか」

「はあ!?」

「だから、声が大きいって」

「沢井さんは被害には遭ってなかったのか？　それとも、被害に遭ってて九条に罪を押しつけようとしたのか？」

「近い、近いって！」

「す、すまん」

「被害自体なかったみたいだな。本当のことっぽく演出するために、二人で示し合わせてメッセージを送り合ってたらしい」

「マジかよ……」

沢井が襲われた事実もないとなると、全く違う話になる。これはもう犯罪そのものだ。

「何の恨みがあるのかわからないけど、すごい執念だよな」

「…………」

新谷が九条を敵視していたことは、巽も知っている。自分のポジションをあっさりと奪っていったことを妬んでいた様子だった。

それから考えて、今回のことは沢井の話を利用して九条を追い出そうとしていたのではないかと思っていた。だが、実際はそれ以上に非道な計画が立てられていた。

(足を引っ張るって程度の話じゃないだろ)

もしも、あのまま九条が犯人に仕立て上げられていたら、会社をクビになるどころか社会的にも終わる。生活が一変してしまうような話だ。

想像以上の事実が突きつけられて呆然としていたら、ポケットの中のスマホが震えた。取り出してみると、九条からのメッセージが届いていた。

『話がしたいので、上の休憩室に来てもらえますか?』

きっと、九条も彼らへの処分を聞いたのだろう。いま頃どんな気持ちでいるだろうかと思ったら、居ても立ってもいられなくなった。

「ちょっと行ってくる」

「どこ行くんだ?」

「あー、トイレ!」

九条に会いにいくと云えば、好奇心を刺激しかねない。無難な云い訳を口にして、営業部のフロアを抜け出した。

トレンチコートを着たままだったことに気づき、廊下を歩きながら脱いで腕にかける。この時間のエレベーターは込み合っているため、非常階段を駆け上った。

まだ朝なので社員食堂のある階は誰もいない。休憩室を見ると、九条は一人コーヒーを飲んでいた。

「巽さん、おはようございます。昨日はお世話になりました」

「いや、こっちこそ……って、あの話は聞いたか？」

「巽さんも聞いてるみたいですね」

「俺は青井から噂を聞かされた程度だ」

「もう噂になってるんですか？　ずいぶん早いな」

巽の返答に、九条は苦笑いを浮かべた。

「あいつはやたらと耳が早いんだよ。それで本当なのか？　新谷さんと沢井さんが自宅待機になったって」

「本当です。昨日遅くに部長から連絡があって、話があるから今日早く出社するように云われたんです。それでさっき説明を受けてきました。巽さんはどこまで聞きましたか？」

「暴行事件自体が捏造《ねつぞう》だったとか、そんなもんだ」

「それだけ知ってれば充分ですよ。俺は当事者だってことで、自宅待機になった経緯を説明されました。俺のアリバイの裏づけを取る流れで犯行現場のカラオケボックスにも話を聞きにいったそうです。それで、沢井さんの話に矛盾が出てきて、新谷さんを問い詰めたら――」

「白状したってことか」

「俺を陥れるために計画したそうです。誰もいない時間に俺のＰＣ《パソコン》から沢井さんに呼び出しのメールを送って、あとはリアルタイムでの報告を装って前以《まえもっ》て考えておいたメッセージを送り合ったみたいですね」

「ずいぶん手が込んでるな……」

人を妬ましく思ってしまうことは、誰の心にもあることだろう。だけど、根も葉もないことをまるで事実であるかのように装って人を陥れようとするのは異常だ。

「思えばあの日の前日、新谷さんに退社後の予定をしつこく訊かれたんですよね。アリバイの証明がしにくい日を狙っていたのかもしれません。巽さんが会議室に現れたときもムキになって追い出そうとしてましたし」

「無関係の俺がしゃしゃり出てきて焦ったのかもな」

巽がアリバイの証言をしたことで、彼の思惑は台無しになってしまったというわけだ。しかも、容疑が晴れたあとのフォローまでさせられて腸《はらわた》が煮えくり返るような思いだったに違いない。

「前から俺のことが気に食わないようなのは知ってました。けど、まさかあんなことをして追い出したいほどだったんですね」

落胆する九条の姿に胸が痛む。人から向けられる悪意は精神を疲弊させる。善意より悪意のほうがエネルギーが強いのだ。

「仕事のできる九条を妬んでるだけだろ。あんな卑怯な手段で人を陥れようとする人間のことなんて気にするな」

自分の言葉が九条の慰めになるとは思えなかったけれど、黙ってはいられなかった。

「ありがとうございます。巽さんがそうやって俺のために怒ってくれると勇気づけられます」

「そんなの俺だけじゃないだろ。それで正式な処分はいつ決まるんだ？」

自宅待機というのは、調査を行っている間の対応だ。その調査の結果によって、処分が決定する。

「証拠の捏造がさすがに悪質だってことで、正式な処遇はこれから決まるみたいですが、自主退職を促してるようです」

「会社としては大事《おおごと》にしたくないだろうしな」

法的には名誉毀損《きそん》に当たるのだろうか。根も葉もない話で同僚を陥れようとした社員がいただなんて、表沙汰にはしたくないはずだ。

懲戒解雇にすれば噂が回ってしまうが、自己都合の退職なら痛い腹を探られることもない。その場合いくらかの退職金も出るだろうから、損得で考えるなら自ら辞表を出すのが一番いい選択だろう。

あまりの悪質さに個人的には厳罰を望むけれど、ああいうタイプは追い詰めると何をしでかすかわからない。

「でも、沢井さんはどうして新谷さんに協力したんだ？」

「わかりません。彼女に恨まれる理由はとくにないはずですけど」

「だよな。彼女の誘いを断ったことくらいか？」

「でも、普通にお断りしただけですよ？　そのときは既婚でしたし、誘いに乗ったら不倫になるじゃないですか」

「だよな……」

既婚者に声をかける時点で無謀としか云いようがない。振られたくらいで、暴行の冤罪を仕組んで陥れようとしたのなら常軌を逸している。

「そのへんのことは会社に任せるしかないですね。事情がわかったところで俺にはどうすることもできないですし」

「それもそうだ」

確かに九条の云うとおりだ。どうしようもないことに頭を悩ませても無駄でしかない。晴れやかな気持ちにはなれなくとも、思考から追い出す努力はできる。

「とりあえず、今回の件に関しては巻き込まれる心配はないってことだよな？」

「そうですね。人手が一気に二人も減ったので、仕事が増えそうですけど」

「まあ、頑張れ。ウチで協力できることがあったら声をかけてくれ」

「助かります」

しかし、あんな手の込んだ方法で人を追い落とそうとした男だ。逆恨みを拗らせて余計に執着してくる可能性がないとは云い切れない。

「念のため、人気のない場所で一人になるなよ」

「大丈夫ですよ。巽さんと一緒に帰るんですから」

「一緒にって駅まで――って、もしかして今日もウチに来る気なのか!?」

九条の中ではすでに決定事項になっているようだ。

「涼太にハンバーグを作る約束をしたじゃないですか。帰りにスーパー寄っていっていいですか？」

眩しすぎる笑顔に圧倒され、首を横に振ることなどできなかった。

エントランスにある来客用のソファに腰を下ろし、九条を待つ。少し前に会議が長引いていると連絡が入っていたから、なかなか抜け出せないのかもしれない。

あと五分待って来なかったら、先に帰るというメッセージを送ってある。定時に帰らせてもらっているのに、こんなところで無駄に過ごしているわけにはいかない。

せめて空いた時間を有意義に使おうと、巽はスマホを取り出した。

いま巽の頭を悩ませているのは、半月後にやってくる涼太の誕生日のことだ。当日までにプレゼントを用意しておかなければならないのだが、まだ何も用意できていない。

（一応、候補はあるんだが……）

涼太に何が欲しいかと訊いても、何でもいいとしか答えない。そこで涼太の様子を観察してみることにした。

日曜日、大好きなヒーローもののテレビ番組を見ているとき、ＣＭに目が釘付けになっていることに気がついた。試しに「あれが欲しいのか？」と訊いてみたところ、口では否定したけれど目は泳いでいた。

「ああいうのはどこで売ってるんだ？」

商品名から辿り着いた通販サイトでは、どこも完売していた。ホビーショップの店頭などには残っていたりするのだろうか。

検索画面をスクロールしていたら、急に手元に影が落ちた。

「何見てるんですか？」

「……っ!?　急に脅かすな！　近づく前に声をかけろ」

背後から手元を覗き込まれて、飛びすさりそうになってしまった。急な接近に、心臓が不整脈を打っている。

「えー、声かけたじゃないですか。聞こえてなかったみたいですけど」

「そ、そうだったのか、すまん」

検索に夢中になっていて、全然気づかなかった。

「いいえ。俺も待たせてしまってすみませんでした。急げばいつもの電車に乗れますよ」

「そうだな、ちょっと急ぐか」

普段より幾分早足で駅へと急ぐ。

「で、何を調べてたんですか？　変身ベルト？」

「ああ、今月末が涼太の誕生日なんだ。ヒーローのベルトが欲しいらしいんだが、どこも品切れなんだ」

「ああ、そういうのは発売前に予約しておかないと入手しにくいみたいですね」

「いまだってCMで流れてるぞ？」

「発売時期は毎年同じですからね。絶対に欲しい人は専門店をチェックしてるんだと思います」

「やけに詳しいな」

「甥っ子にねだられたことがあるので。そのときも手に入れるの苦労しましたよ」

「そうか……」

できることなら、涼太の希望するものを買ってやりたい。

ただ無邪気に過ごしていい年頃なのに、周囲に気を遣い、色んな我慢をしている。誕生日くらい我慢せずに過ごしてもらいたいのだ。

「伝手《つて》があるので、ちょっと訊いてみましょうか？」

「本当か!?」

九条の言葉に希望の光が見えた。前のめりに食いついてしまう。

「ただ、どこも品薄だと思うのであんまり期待はしないで下さいね」

「もちろん、できる範囲で大丈夫だ」


九条と並んで電車に乗って帰宅することにも、だいぶ慣れてきた。周囲からの視線は変わらないけれど、見られているのは自分ではないのだから殊更《ことさら》意識する必要はない。

「あ、駅着いたらコインロッカーに寄っていっていいですか？」

「構わんが、何を預けてあるんだ？」

「着替えです。家に取りに戻るのが手間なので、今朝まとめてロッカーに入れておきました」

泊まっていく日は朝一緒に家を出て、九条は一旦自宅へ着替えに帰っていたのだが、面倒くさくなったのだろう。

この駅のコインロッカーには気まずい思い出がある。物陰に連れ込まれてキスされたときの生々しい感触が唇に蘇ってきた。

記憶を振り払いたくても、現場にいる限りは難しい。早く立ち去りたくてそわそわしていた巽は、ロッカーから出てきたものに目を瞠った。

「何だ、その大荷物！」

コインロッカーの中からは、海外旅行にでも行くかのような大きなスーツケースが出てきた。

「だから着替えだって云ったじゃないですか」

「何日分詰めてきたんだ……」

「一週間分です。洗濯させてもらえれば、一月《ひとつき》くらいいけるかな？」

完全に居座るつもりのようだ。一月もいたら、客ではなく居候だ。

「お前、いつまでウチに居座るつもりだ……」

「巽さんだって俺がいると便利でしょ？」

「そ、それはそうだが……」

食事の質も上がったし、大人が一人いるだけでも心強い。何より、九条がいると涼太がより子供らしく過ごせている気がする。

「それに入り浸ってるほうがラブラブっぽいじゃないですか。いまも見られてるかもしれないですし、もっと見せつけておきます？」

前置きなく手を繋がれ、反射的に振り払ってしまった。

「いきなり何すんだ！」

「恋人なんだから手くらい繋いだっていいじゃないですか」

「こ、心の準備がいるんだから先に云え！」

スキンシップは許しているけれど、不意打ちされると心臓に悪い。いくら慣れてきたといっても、まだまだ免疫はついていないのだ。

「心の準備って、巽さん身構えすぎですよ」

「仕方ないだろ！」

「顔真っ赤ですよ、可愛いな」

「くそ、云ってろ」

これ以上からかわれまいと、九条を残して歩き出す。

「あっ、ちょっと置いていかないで下さいよ！　俺、荷物あるんですから！」

熱くなった頬を手の甲で擦《こす》りながら、巽は涼太の待つ保育園へと向かうのだった。

6

昼休みになり、各々食事を摂るために席を立つ中、巽はカバンから弁当を取り出した。

いつもは社員食堂で昼食にするのだが、今日は弁当持参だ。涼太の保育園が月に一度の弁当の日だったため、自分たちのぶんも用意することにしたのだ。

「あれ？　今日は弁当なのか？」

財布を手に立ち上がった青井が、興味深げに手元を覗き込んでくる。

「涼太が弁当の日だから、ついでに大人のぶんも作っただけだ」

「なるほど。それでも偉いよな。俺だったら、コンビニの弁当詰め直したのですませるだろうな」

「半年に一度しかないのに、そういうわけにはいかないだろ。それに涼太のリクエストがあったからな」

「褒めてるんだから、素直に受け取ればいいのに」

「云ってろ。さっさと食いにいったらどうだ。昼休み終わるぞ」

褒め言葉が気まずいのは、弁当を作ったのが九条だからだ。巽も手伝いはしたけれど、それだけだ。

弁当のおかずは定番のフライドポテトとウインナーと涼太のたっての希望であるスコッチエッグだ。ほとんど九条が作ってくれたため、巽の仕事はウインナーをタコにするための切り込みを入れるだけだった。

「はいはい。そういや、今日は九条はいいのか？」

「ななな何で九条が出てくるんだ⁉」

唐突な質問に狼狽えてしまう。心の中を読まれたかと思ってドキッとした。

「だって、最近よく一緒に飯食ってるだろ。話してみたら気が合ったって云ってなかったか？」

「そ、そうだったな」

自分たちで最初に決めた設定を忘れかけていた。

「今日は俺が弁当だから別々に食うことになったんだ」

九条には一緒に食べようと云われたが、さすがに中身の同じ弁当を人前で広げるのは抵抗がありすぎる。

いくら九条と親しくなったからといっても、同僚の前では必要以上の憶測を招くような行動は避けたい。

ストーカーには『恋人』だと誤解してもらいたいけれど、社内でそんな噂が流れるような真似はできない。矛盾していることはわかっているけれど、巽にも平穏な生活を守る権利がある。

「それにしてもお前と九条が仲よくなるなんてな。美女と野獣？　月とスッポンか？」

「云ってろ」

「お前が一緒にいるから、九条に近づきにくくなったって女性陣が文句云ってたぞ」

「別に俺は何もしてないだろ」

「見た目が怖いんだとさ。まあ、九条にしてみたら静かでいいのかもな」

「青井、いつまでもこんなところで油売ってるとランチ売り切れるんじゃないのか？」

「おっと、そうだった！　それじゃ、またあとでな」

お喋《しゃべ》りな青井がやっと行ってくれてほっとする。ため息をついた瞬間、空腹を訴えて腹が鳴った。

何はともあれ食事にしようと弁当の蓋を開けた巽は、思わず我が目を疑った。

「!?」

一度蓋を閉め、恐る恐る再び開けてみる。ご飯の上には桜でんぶでピンク色のハートが描かれていた。

「あいつ……！」

彼がこういう子供っぽいイタズラが好きだということは、親しくなるまで知らなかった。

青井がいなくなったあとで本当によかった。とにかく、こんなものを人前で堂々と食べるわけにはいかない。

包み直した弁当を手に席を立つと、同じようにフロアに残って弁当を食べていた先輩が不思議そうに声をかけてきた。

「巽くん、どうしたの？」

「あー、その、やっぱり天気がいいから屋上で食べてこようかと思いまして」

「え？　午後から雨の予報だけど」

訝しげな様子で窓の外に視線が向けられる。雨こそ降っていないけれど、すでに雲行きは怪しい。

「そ、外の空気を吸いたいんです！」

苦しい云い訳を口にして、そそくさとその場から逃げ出したのだった。

一緒に帰るようになったあの日から、九条は巽の家に入り浸るようになった。居心地がいいようで、一緒に帰ってはまるで自分の家のように寛いでいる。

(俺は寛げてないけどな……)

初めて招いた日に比べたら慣れてきたけれど、緊張が完全に解けているわけではない。ふとした弾みに心臓に大きな衝撃を受けては疲弊している。

もちろん、九条がいることで助かっている面もある。今日は九条が器用にキャラ弁を作ってくれて、涼太が大喜びだった。

帰りがけに一緒にスーパーに寄ったり、涼太の面倒を見てもらったりと日常を共に過ごすうちに、親密になったような錯覚を覚えてしまう。

遠くから眺めるだけだった憧れの相手が、まるで旧知の仲のようにすぐそばにいること自体信じがたい。その上、呼吸をするのと同じくらい自然にスキンシップをしてくる九条に感情を振り回される毎日だ。

『恋人のふり』の一環というよりも、パーソナルスペースの狭さ故だろう。外国人がハグをして挨拶するのが当たり前なように、個人の感覚が違うだけだ。

もちろん、それなりの好意は持ってくれていると思う。だけど、それは友人や後輩としてのものであって、巽が抱いている種類のものとは別物だ。

懐かれた、というのが一番正解に近いのではないだろうか。

九条にしてみたら物珍しい環境が新鮮で面白いのだろう。しばらくすれば飽きるだろうが、そうなったときに喪失感を覚えそうで怖い。

勘違いしないように繰り返し自分に云い聞かせているけれど、どうしたって心が弾んでしまう。浮き立つ気持ちを抑え込むというのは、精神力を要する。まるで、日々修行のようだ。

会社の屋上へ出ると誰の姿もなくほっとした。まだ天気は持ちそうだが薄暗くなりつつあるから、屋根のないところは敬遠されたのかもしれない。

この屋上には緑が多く植えてあり、休憩用の椅子とテーブルが置かれている。暖かい日は気持ちのいい場所なのだが、最近はあまり人気がなく、弁当を持参している女性社員をちらほら見る程度だ。オシャレに改装され、栄養バランスの取れたメニューが格安で食べられる社員食堂には敵わないのだろうか。

以前は喫煙所としても使われていたけれど、いまは全面禁煙になっている。利用者が減ったのはそういう理由もあるのだろう。

「……しまった」

屋上へ来る途中で飲み物を調達しようと思っていたのにすっかり忘れていた。下の階に戻ろうと踵《きびす》を返したら、目の前に絶世の美男子が現れた。

「うわっ!?」

「お化けに会ったみたいな反応しないで下さいよ。傷つくじゃないですか」

九条はわざとらしく悲しい顔をしてみせる。

「驚かせるほうが悪いんだろ！　何でお前がこんなところにいるんだ!?」

「営業部の人に聞いたら、巽さんが屋上に行ったって教えてくれたので」

もしかして、営業部のフロアで一緒に食べるつもりだったのだろうか。

「それにしても、全然人がいませんね。屋上っていつもこんなに空《す》いてるんですか？」

「社食がリニューアルして禁煙になってからは人気がなくなったんだ。それに今日は午後から雨の予報だからな」

「じゃあ、このまま二人きりってことですね」

「……そ、そうかもな」

いきなり意識させるようなことを云うのはやめろと云いたい。ストーカーには慣れていると云っていたけれど、こんなふうに勘違いしてしまいそうなことを簡単に口にしているせいもあるのではないだろうか。

「早く食べませんか？　俺、腹減っちゃって」

「む、まあそうだな……」

昼休みは無限ではない。あまりのんびりしていたら、すぐに終わってしまう。

「――って、そうだ！　お前、この弁当は何なんだ！」

「あ、もう見ました？　愛妻弁当です」

「愛妻ってお前な……。誰かに見られたらどうするんだ！　自分でこんな弁当作ってるなんて思われたら痛すぎるだろ！」

妙齢の独身男がハートの装飾をした疑似愛妻弁当を自作したなんて思われたら、同情を通り越して気持ち悪がられてしまう。

「俺が作ったって云えばいいじゃないですか」

「それはそれで物議を醸すだろうが。お前は自覚が薄い……」

自分がモテることはわかっているけれど、周囲にどんな影響を与えているのかまでは深く考えていないように感じる。

女性陣の水面下での牽制《けんせい》を目にすることはないだろうし、巽のように外見だけで怯えられる人間の気持ちは想像したこともないだろう。

（まあ、それも仕方ないよな）

悪意に晒《さら》されずに育てば、その存在を知ることもない。きっと、九条は皆に愛されて健《すこ》やかに成長してきたのだろう。

「実はこういう弁当って初めてなんですよね」

「ずっと給食だったのか？　けど、遠足とかあるだろ」

九条が通っていたのは幼稚部から高等部まで一貫の名門校だったらしい。さぞ豪華な給食が提供されていたのだろう。

日常的にはそうだったとしても、一回や二回は弁当を食べる機会があるはずだ。

「遠足や体育祭のときは弁当でした。でも、業者に頼んだものか、お手伝いさんが作ったものだったので、家庭っぽさは皆無でしたね」

「それは……何と云うか、寂しいな」

一般的に九条の家は『恵まれた家庭』と云われる部類に入るだろう。だが、大人が必要だと思うことと子供が求めるものは同じではない。

「両親よりお手伝いの人のほうが親身で家族みたいでしたけどね。だから、今日は弁当が楽しみすぎて腹減りました」

「早弁でもすりゃよかったのに」

重くなりかけていた空気を軽くしようと軽口を叩く。

「巽さんと一緒に食べたかったんですよ。というか、早弁って本当にしてる人いるんですか？」

「授業中食ってるやつは見たことないけど、中休みにかっ込んでるやつならいたな」

「そういうの、青春って感じで羨ましいな」

「多分、他のやつらはお前のことを羨ましいと思ってるだろうけどな。どっちにしろ、ないものねだりだ」

結局のところ、自分が持っていないものがよく見えるだけなのだ。

「そういうもんですかね」

「そういうもんなんだよ。いいから、とっとと食おうぜ。腹減ってんだろ？」

「あ、そうですね。それじゃ、いただきます」

九条は弁当の蓋を開けてから、手を合わせる。

「こういうの、デートみたいで楽しいですね。もっとそれっぽいことしてみます？」

「だ、誰も見てないのにデートみたいな真似したって無意味だろ」

「そんなことないです。俺が楽しいです」

「はあ？」

「はい、あーん」

「な、何考えてるんだ！」

九条の行動に目が飛び出そうになる。妄想ならときめくシチュエーションだが、現実に起こるとプライドと羞恥が先に立つ。

（いや、しかし、こんなことはこの先二度とないんじゃ……）

色んな気持ちがせめぎ合う。

「ほら、ソースが落ちそうだから早く口開けて下さい」

「あ、いや……」

「早く」

急かされるままに口を開ける。口の中に放り込まれたスコッチエッグを咀嚼するが、動揺しすぎて味がわからない。

「美味しいですか？」

「あ、ああ……」

よくわからないと云えば語弊がありそうだったため、曖昧に頷いておく。こんな精神状態でなければ、美味しく味わえたと思うのだが。

「涼太はもう食べてくれたかな」

「そうだな、そろそろ食べ終わってる頃じゃないか？」

保育園の昼食は十二時からだ。食べるのが早くないといっても、あの小さな弁当箱ならとっくに食事はすんでいるだろう。

「残さず食べてくれてるといいですね」

「あんなに喜んでたんだ。全部食べてるだろ」

今日の涼太の喜びようはすごかった。本当に九条には感謝しかない。

「俺、小さい頃こういうタコさんウインナーとか憧れてたんですよね。料理のできない親に云っても無駄だってわかってたから云いませんでしたけど」

九条は巽が切り込みを入れたウインナーを口に運び、幸せそうに噛み締める。

「親御さんは無理だったかもしれないが、お手伝いさんに頼めなかったのか？」

両親が台所に立たないことはどうしようもないが、おかずのリクエストくらいはできたのではないだろうか。

「当時は子供っぽいことを云っちゃいけないと思ってたので、そういうことを口にできなかったんです。必死に背伸びして、いま思えば自分で思ってる以上に子供だったんですよね」

「――」

何となく想像がつく。聡明《そうめい》そうな容姿に相応《ふさわ》しい聞き分けのいい子供像を期待され、やんちゃさは出せなかったのだろう。

「こんな見た目だから目立つじゃないですか。いつでも人の目があるから、迂闊《うかつ》なことできなくて。一度、中学生のときに掃除当番をサボったことがあったんです。そうしたら、次の日学校中が知っててあの九条に何があったんだ⁉　って大騒ぎでした」

「掃除当番のサボりくらいで？」

もちろん当番をサボるのはいいことではないが、ただの中学生に対して周囲も過剰に反応しすぎではないだろうか。

容姿端麗な優等生への期待の大きさは何となく想像がつく。その期待に軽々と応えてしまうからこそ、本人が息苦しさを覚えていることに周りも気づかなかったのだろう。

「お陰でだいぶ要領よくなりましたけどね」

「できるやつはしんどいな」

「そういうプレッシャーがあったから真面目に勉強したのかもしれないですし、置かれた環境で頑張るしかないですからね」

「確かにな。無理だと思ってもやってみたらどうにかなることもあるし、背伸びもある程度は必要なのかもな」

それこそ、涼太との二人暮らしなんて絶対に上手くいかないと思っていた。しかし実際には、大変なこともあるけれど、想像以上に楽しい生活になっている。

「ごちそうさん。美味かった。ありがとな」

「巽さんのタコさんウインナーも美味しかったです」

「それは元々美味いんだよ」

食べ終わった弁当箱を包み直していたら、巽のスマホが鳴った。画面を確認すると、営業部長からだった。

「部長？」

昼休みももうすぐ終わるというのに、アプリからのメッセージやメールではなく、電話だということは緊急の用なのだろうか。訝しく思いながら電話に出る。

「はい、巽です。どうしたんですか、部長」

『巽、いまどこにいる？』

予想以上に緊迫した声音に否応なく緊張感が増した。

「屋上で昼飯食ってます。そろそろ戻りますが――」

『ということは、お前は無事なんだな』

部長は電話の向こうで安堵のため息をついた。

「何かあったんですか？」

『昨日、坂口《さかぐち》が宝くじを当てたとか云って、みんなを焼き肉に連れていっただろう？』

「はい。俺は涼太の迎えがあったんで行きませんでしたが」

『そいつらが食中毒だ』

「食中毒!?」

肉が苦手だという同僚以外はみんなついていったはずだ。つまり、営業部の半分以上が戦線離脱したということだ。

『いまのところ重症のやつはいないが、念のため焼き肉を食いにいったやつらは全員病院送りにしておいた』

「けど、朝はみんな普通に来てたじゃないですか」

今朝、顔を合わせたときはみんな何ともない様子だった。昼休み前、食欲がないと云っているやつもいたけれど、もしかして症状が出始めていたせいだったのか。

『発症に時間がかかる類いのものだったみたいだな』

「そうですか……」

他に言葉が見つからない。昔、一度牡蠣《かき》に当たったことがあるけれど、あのときは本当に苦しかった。当時のことを思い出して、彼らの辛さを想像してしまう。

食中毒の治療は、基本的には水分と電解質の補給をして脱水症状を予防しながら腸内のウイルスなどが出ていくのを待つことだ。特効薬のようなものはない。少なくとも数日は安静にしている必要があるだろう。

つまり、今週は大幅に戦力を減らした状態で仕事をすることになる。

営業に忙しくない時期などほとんどないけれど、今週は大きな案件が色々あったはずだ。社内で調整が利くものはいいけれど、相手のある仕事は簡単にはいかないだろう。

「そういえば、今日は大口の取引先との食事会があるんじゃ……？」

『そうなんだよ。そこでお前に折り入って頼みがあるんだ』

「俺に？」

『今日の食事会、青井の代わりに出てもらえないだろうか？　早めに切り上げられるようにするから、ちょっとだけどうにかならないか？』

「力になりたいのは山々なんですが、保育園の延長を頼んでも八時が限界でして」

普段、同僚たちには定時で帰らざるを得ない巽のフォローをしてもらっている。

涼太が熱を出したときなど、快《こころよ》く送り出してくれたり仕事を引き受けてもらったりと、みんなには世話になっているし、無理を聞いてもらっている部長の頼みだ。

こんなときくらい、任せて下さいと請《う》け負いたいのだが現実はそう甘くない。

『だよな……』

「一時預かりのところに空きがあれば預けられるかもしれませんが……」

『本当か!?』

「訊いてみないとわからないので、返事は少し待ってもらえますか」

頭の中でいくつかの候補を検討する。接待となると帰宅は十時を超える。その時間まで預かってくれるようなところはあまりないし、受け入れ枠にも限界がある。

『もちろんだよ。こっちも日程を調整できないかやってみる』

「よろしくお願いします――

巽は通話を切り、スマホで一時預かりをしてくれるところを検索する。夜間も受け入れてくれるところでないと難しい。

「巽さん、食中毒って何かあったんですか？」

横で巽の様子を見守っていた九条が気遣わしげに訊いてきた。

「ああ、昨日同僚と焼き肉を食いにいったやつらが食中毒になったみたいだ」

「うわ、それは災難ですね……」

「幸い重症ではないようだが、仕事どころじゃないだろう。よりによって今日は大口の取引先の接待があるんだ。担当のやつもダウンしてるみたいだから俺が代打で出られればいいんだが、涼太の預け先がな……」

いつも利用しているところの空きをサイトで確認したが、今日は生憎《あいにく》満員のようだった。

「保育園は延長できないんですか？」

「延ばしてもらっても、ぎりぎり八時までだからな。他の一時預かりのところを探してる」

「それって俺じゃダメですか？」

「お前が接待に出るわけにはいかないだろう」

「いえ、そうじゃなくて涼太のお迎えに俺が行ったらどうかと思って」

「!?」

九条の申し出にスマホから顔を上げる。

「迎えにいって、家で一緒に留守番してますよ」

「本当にいいのか？」

「そのほうが巽さんも楽じゃないですか？　涼太も巽さんを待つなら家のほうがいいだろうし、一緒にハンバーグ作る約束をまだ果たせてないからいい機会です」

「申し訳ないが、頼んでもいいか……？」

「任せて下さい。二人でいい子でお留守番してますから」

「すげー助かる」

いまの巽には、九条が救いの神に見えた。

「巽さんから連絡しておいてもらえれば、俺も保育園の門を通してもらえますよね？」

「保育園には連絡を入れておくし、代理人の書類も用意するが、お前ならとっくに顔パスだろうな」

「え？」

保育園の先生たちの間でも九条はすっかり有名人だ。涼太のお迎えのときに見送りに出てくれる先生の人数が増えたのは気のせいではない。

子供を迎えにきたらすぐに帰宅していた母親たちも、校庭で立ち話をしていることが多くなった。

(ま、気持ちはわかるがな……)

きっと、噂の美形を一目拝みたいとでも思っているのだろう。

「あ、涼太にもちゃんと伝えておいて下さいね」

「わかってる。先生に云っておくよ。その前に部長だな」

あちこち連絡する必要があるが、まずは右往左往しているであろう部長を安心させることにした。

7

「くそ、もうこんな時間か」

改札を足早に抜けて腕時計に目を落とすと、すでに涼太を寝かしつけなければならない時間になっていた。食事会は思った以上に長丁場だった。

接待相手がかなりの酒豪だったため、つき合わされて飲みすぎた。酔いが回らないようソフトドリンクを多めに飲んでおいたけれど、さすがにしんどい。

駅を出て、涼太と九条の待つ自宅へと急ぐ。

九条がマメに連絡を入れてくれたお陰で、家のことを心配せずにすんだ。保育園に着いたという報告を皮切りに、帰宅して二人で食事を作って食べたことは写真つきで報告してくれた。

風呂にも入れてもらい、あとは布団に入るだけのようだ。

電車に乗る前にこちらからも連絡を入れておいた。涼太に『先に寝てろ』と伝えてもらったけれど、大人しく布団に入ってくれているだろうか。

「土産《みやげ》でも買ってくるんだったな……」

九条には大きな恩ができてしまった。何かで礼ができればいいけれど、どんなものなら喜んでもらえるかわからない。

好き嫌いはないようだが、特別な拘《こだわ》りは見られない。センスはいいけれど、物欲があまりないようだった。

多分、幼い頃から『物』は潤沢に与えられてきたのだろう。大事にしていないわけではないけれど、何にも愛着のようなものは感じない。

物品ではなく違う形で返す方法を考えたほうがよさそうだ。弁当はやたらと喜んでいたから、休みの日にまた作ってもいいかもしれない。

きっと九条なら近場へのピクニックでも、物珍しがってくれるだろう。

「？」

そのときふと、後頭部に視線を感じた気がした。足を止めて振り返るが誰もいない。辺りを見回してみても、それらしい人影はいなかった。

「気のせいか……？」

何気なく視線を下げると、足下に猫がいた。物云いたげな顔で巽を見上げている。

「何だ、お前だったのか。驚かせるなよ」

話しかけると、甘えた声でニャーンと鳴いた。

「すまん、いまは何も持ってないんだ」

猫は巽の言葉を理解したのか、素っ気なく去っていってしまう。

野良猫に餌《えさ》をやるのはよくないし、少しでも情をかけるつもりなら保護して家できちんと飼うべきだ。何の責任も負わずに可愛がろうとするのは人間のエゴでしかない。

もう少し涼太が大きくなればペットの面倒を見る余裕も出てくるだろうが、まだ無理だ。

（いまは涼太との二人暮らしで手一杯だからな）

幾ばくかの罪悪感にため息をついて、自分の息が酒臭いことに気がついた。こんな状態では涼太と顔を合わせられない。

道すがらに見つけた自動販売機でミネラルウォーターを買う。一息に半分ほど飲み干すと、胃の辺りがだいぶすっきりした。一息ついた瞬間、目の端に人影が映った気がした。

「？」

再び振り返ってみたけれど、やっぱり誰もいなかった。

きっと疲れているのだろう。久々の接待の席で緊張したというのもあるかもしれない。違和感を覚えた後頭部をがしがしと掻きながら、帰途を急いだ。


眠っているであろう涼太を起こさないよう、静かに鍵を開ける。そーっと扉を押し開くなり、元気な声が聞こえてきた。

「きょーへーおかえり！」

「巽さん、お帰りなさい」

「ただいま――って、まだ起きてるのか涼太！」

いつもはとっくに眠っている時間だが、ちっとも眠そうな顔をしていない。

「きょーへーのことまっててあげたんだよ」

「すみません、巽さんが帰ってくるまで起きてるって頑張っちゃって」

むしろ、夜更《よふ》かしが嬉しいのか、キラキラと目が輝いている。

早く寝ていて欲しかったが、こういう日は仕方ない。自分も幼い頃はたまの夜更かしは大人の仲間入りをしたみたいで嬉しかった。

「出迎えありがとな」

「どういたしまして！」

頭を撫でてやると涼太は擽ったそうに笑った。

「食事はどうしますか？　一応、巽さんのぶん残してありますけど。今日はハンバーグとコーンスープです」

献立《こんだて》を聞いただけで食欲を刺激される。明るい部屋と温かい料理が待っているというシチュエーションに胸が詰まった。

「実は腹減ってる。今日は酒ばっかりでまともな飯を食ってないんだ」

食事会という名目ではあったけれど、つまみのようなものしか口にできなかった。酒とソフトドリンクばかりで胃が疲れ切っている。

「それじゃ、すぐ用意しますね」

「おれもてつだったんだよ！」

「涼太はタマネギ剝いてくれたんだよな」

「涙出てきただろう」

「ちょっとだけね」

その様子を想像するだけで微笑ましい。和気藹々とキッチンに立っていたに違いない。

「俺がいない間、二人で何してたんだ？」

リビングに向かいながら、留守の間のことを訊ねると、涼太は待ってましたとばかりに報告してきた。

「うーんとね、いっしょにごはんつくってたべて、いっしょにおふろにはいって、いっしょにおえかきした！」

「へえ、どんな絵を描いたんだ？」

涼太のお気に入りの番組は教えておいたから、録画したものを見て過ごしていたのだろうと思っていたから少し驚いた。

「これ！」

テーブルから持ってきた一枚には、三人の人物らしきものが描かれていた。涼太はそれを巽に見せながら、人物の解説をしてくれる。

「ええとね、これがおれでこれがきょーへーで、これがゆーじん！」

そう云われてみれば、よく特徴を摑んでいるように見える。心なしか九条のほうが男前に描かれているようだ。

「にてるでしょ」

「ああ、よく似てる。涼太は絵が上手いな」

「えへへ」

「そういえば、九条も何か描いたんじゃないのか？」

涼太は〝いっしょに〟と云っていた。気になって訊いてみると、九条は珍しく気まずげに目を逸らした。

「別に俺の絵なんていいでしょう」

テーブルの上の画用紙をさりげなく裏返したのを見逃さなかった。

「お前の絵ってそれか？」

「いま食事を用意するから手を洗ってきて下さい」

「話を逸らす気だろ」

「ゆーじんもきょーへーのことかいたんだよ」

巽が追及する前に、涼太がそう教えてくれた。

「俺を？」

「涼太、それは内緒だって云っただろう」

「あっ」

九条の指摘に涼太はすぐにしまったといった顔で、自分の口を塞《ふさ》いだがもう遅い。目で「ごめんなさい」と云っている。

「見せてくれないのか？　俺がモデルなんだろう？」

「見て楽しいものでもないですから」

「いいから見せてみろって。笑ったりしないから」

九条のこんな反応を見るのは初めてで、ついしつこくしてしまう。純粋に彼の描いた絵が見たいという気持ちもあった。

「絶対、反応に困ると思いますよ」

九条は渋々といった様子で画用紙を差し出した。興味津々に受け取ったそれをひっくり返してみて、彼の発言の意味が理解できた。

想像以上に独特の絵だった。かろうじて人間を描いたということはわかるけれど、どうしてこういう絵になったのかがわからない。敢《あ》えて描けと云われるほうが難しいだろう。

「もしかして、これが俺か？」

「一人しか描いてないんですが」

確認するまでもなかったのだが、つい確かめてしまった。

「何というか、お前にも苦手なものがあるんだな」

頭もよく運動神経も抜群で、料理まで得意だという九条にはできないことはないと思っていた。しみじみと告げると、投げやりな発言が返ってくる。

「我慢しないで笑っていいんですよ」

「笑わねーよ。俺は好きだけどな、お前の絵」

「無理しなくていいですから」

「してねーって。むしろ、俺のこと描いてくれたことが嬉しい」

「おれもゆーじんのえすきだよ！」

「気が合うな、涼太。そうだ、涼太の絵の隣に飾るか。そこのスペースが空いてるだろ」

「かざる！」

「本気ですか？」

巽の言葉には疑いを持っているようだったが、涼太のことは信じられるみたいだ。それでも、複雑そうな面持ちで自分の絵を壁に貼る涼太の様子を見ている。

「まったく……二人とも物好きですね」

「そうか？」

「俺は涼太の絵のほうが好きだけどな」

「ほんと？　じゃあ、ゆーじんにこれあげる！」

九条の褒め言葉に気をよくした涼太が嬉々として自分の絵を進呈している。

「いいのか？」

「うん！」

「ありがとう。大事にする」

九条は涼太の差し出した絵を嬉しそうに受け取った。まるで、宝物を手に入れたかのように恭《うやうや》しく、資料を挟むためのケースにしまい込んだ。

「そうだ、巽さんのご飯を忘れてましたね！　いま温めるので待ってて下さい」

「おれもてつだう！」

二人でばたばたとキッチンへ行ってしまう。

一人になった巽は、九条が描いてくれた自分の絵を感慨深く見つめるのだった。


興奮冷めやらない涼太をどうにか寝かしつけ、そっと明かりを消して廊下に出る。

いつもは布団に入って五分もすれば眠くなるのに、今日は二冊も本を読むことになった。それだけ、今日の出来事が楽しかったのだろう。

リビングに戻ると、九条は真面目な顔で仕事の資料に目を通していた。その真剣な表情に改めて見惚れてしまう。

リビングのソファはすっかり九条の定位置になった。

巽の気配に気づいたのか、ぱっと顔を上げて笑顔を向けてくる。

「あ、涼太寝ましたか？」

「やっとな。お前との留守番が相当楽しかったらしい」

ベッドに入っても、九条としたことや夕食が美味しかったことなどを話し続けていた。もっと聞いていたい気持ちはあったけれど、早く寝かせないと明日の朝起きられなくなってしまう。

「俺も楽しかったです」

「今日はありがとな。本当に助かった」

お陰で接待も上手くいった。食中毒の症状が軽かった社員たちは、明日には復帰できるようだ。今回の反省を活かし、部署全員で同じものを食べにいくことは会社の忘年会などを除いて禁止になるらしい。

「巽さんへの恩返しには全然程遠いですけど、役に立ててよかったです」

九条は冤罪事件の件を恩に感じてくれているらしい。

「まだそんなこと云ってんのか？　引け目を感じなきゃいけないのは、むしろ俺のほうだろ」

巽はどさりと九条の隣に腰を下ろす。

「巽さんこそ、まだ気にしてるんですか？」

「そりゃ、まあ……」

「俺は巽さんに興味持ってもらえて嬉しかったです」

「へ？」

相変わらず軽い調子で殺し文句を云ってくる。じわじわと頬が熱くなるのを、顔を背《そむ》けて隠した。

「そうだ、お互い様ってことでどうですか？　俺も巽さんももう気にしないってことで」

「お前がそれでいいならいいが……」

つけ回されていた被害者が気にしないと云うのならそれを信じるしかないが、麻痺しているだけで無意識下でストレスを受けているということはないだろうか。

（絶対、俺なんかよりもしつこいやつがいるせいだよな……）

比較してマシだというだけだ。

「そういえば、例のストーカーはどうだ？　まだ何かあるか？」

巽の家に出入りすることで、こちらに何かアプローチがあるかもしれないと覚悟したけれど、それらしい気配すらない。九条の思惑が上手くいったということだろうか。

「最近は音沙汰ないです。手紙も来ないし、無言電話も留守電に入ってないですね」

「そりゃよかったな」

よかったというのもおかしいけれど、何ごともないのはいいことだ。

「やっと飽きてくれたのかもしれませんね」

「それならいいんだが……」

九条が煩わされていないのなら幸いだが、十年近くつきまとっていて、そう簡単に飽きたりするだろうか。嵐の前の静けさというのもある。警戒は怠らないほうがいいだろう。

「そういえば、さっき帰り道に視線を感じたな」

「本当ですか!?」

「周りを見回しても誰もいなかったから気のせいだろうと思ったんだが……足下を見たら猫が俺を見上げてた」

オチを告げると、九条は胸を撫で下ろした。

「何だ、猫か……驚かせないで下さいよ」

「すまん、思い出したら面白くて」

猫の視線を警戒するなんて、自覚している以上に神経を張っていたようだ。そんな自分を思い返すと笑えてくる。

「ストーカーも猫なら平和なんだけどな」

「そうですね。でも、もう大丈夫じゃないですか？　きっと、俺たちの仲に当てられて目が覚めたでしょうし」

「……！」

肩に頭を乗せられ、ひゅっと息を呑む。すんでのところで悲鳴は上げずにすんだ。外では距離を詰めて並んで歩いたり、肩や腕に触れたりする動作を多くするようにしているけれど、スキンシップは一向に慣れない。

手を繋がれるだけでも恥ずかしさで逃げ出したくなる。ストーカー対策として効果的だったのだとしたら、必死に耐え忍んだ甲斐があったというわけだ。

「み、見られてないところでイチャついても意味ないだろ」

平静を装いながら、九条の頭を押し返す。

「もしかして、いまドキドキしてます？」

「……うるさい」

「巽さん、本当に俺のこと好きなんですね」

しみじみと感心したように云われると余計にバツが悪い。

「わざわざそういうことを云うな」

「俺のどこが好きなんですか？　やっぱりこの顔ですか？」

「!?」

試すように顔を近づけられ、息を呑む。九条の顔が近くにあることにはだいぶ慣れてきたとはいえ、こうして対峙すると緊張する。

九条の体を押し返そうとしたけれど、どこか悲しげな表情をしているように見えて思いとどまった。

「いままでつき合った子もみんなそうでした。顔で俺に興味を持って、つき合ってみたらイメージと違ったって。まあ、最初は見た目で判断するしかないんですけど、判で押したように同じことを云われるので、俺って相当つまらない人間なんでしょうね」

自嘲的な発言に驚きつつも、九条がコンプレックスを抱いていることを知った。巽のような平凡な人間からしたら羨ましい悩みだが、苦悩は人それぞれだ。

物憂げな九条に同情心よりは腹立たしさが湧いてくるのは、巽が惹《ひ》かれたのは顔だけだと決めつけているところだ。

「——あのな。云っておくが、一目惚れしたわけじゃないからな」

「え？」

「最初はチャラチャラした八方美人のいけ好かない野郎だって思ってたからな」

「だったら何で俺のストーカーなんかになったんですか？」

「お前が本当にいいやつだってわかったからだよ。あばたもえくぼって云うだろ」

いいやつだとわかったからこそ、鼻についていた完璧すぎる容姿が魅力的に見えるようになったのだ。

「……っ、な、何だ⁉」

無言で勢いよく抱きしめられ、目を白黒させる。

シャンプーの香りと密着する体温に心臓が大暴れしているけれど、あんなふうに云われたあとでは突き放せない。

「――俺、巽さんのことマジで好きです」

「そうか。ありがとな」

「あ、信じてないでしょう？」

「してるしてる」

平静を装って、受け流す。疑ってはいないが、本気にもしていない。

九条は同僚として、後輩として懐いてくれて、好意を寄せてくれているのだろう。

学生時代は後輩によく慕われた。見た目の怖さに反して面倒見のいい巽は頼り甲斐があったからだ。

きっと、九条は無自覚に心の穴を疑似家族で癒やしているのだろう。

人に優しいのは、自分が優しくして欲しいからだ。そうやって、自分を癒やしてきたのだろう。心の傷が痛まなくなれば、巽たちは必要がなくなるに違いない。

こんな時間がいつまでも続かないことはわかっている。それでも、一時の癒やしになれたなら、それで充分だ。

「風呂に入ってくる」

これ以上、くっついていたら心臓が持たない。やんわりと九条の腕の中から抜け、逃げ出した。

8

「お先に失礼します」

いつものように、一番先に職場をあとにする。巽が一人でエントランスを抜けようとしたら、ちょうど戻ってきた営業部の先輩と鉢合わせた。

「巽、お疲れ。何だ、今日は一人か？　九条はどうしたんだ」

「あ、お疲れさまです。何か用事があるとかで先に帰りました」

慣れとは不思議なものだ。毎日のように九条と共に過ごしていたら、周囲もそれが当たり前だと思うようになっていった。

巽自身も不躾な視線に慣れていき、九条の自らに対する注目への鈍感さは環境に適応したものだと実感した。

一人で会社を出るのは久しぶりだ。今日は人と会う約束があるとかで、九条とは別行動を取ることになった。

数週間前には一人でいることが当然だったのに、いまでは左の空間に九条がいないことが落ち着かない。

ふとした瞬間にドキドキしてしまうことはあるけれど、死にそうなほどの緊張もなくなった。

こちらからの一方的な好意を除けば、九条のそばは居心地がいい。どんな話題を振っても会話が弾むし、気配りも完璧だ。

（くっつかれるとヤバいけどな）

ストーカーの目を意識してか、外を歩くときは積極的にボディタッチをしてくることだけが悩みの種だった。人目を引かない程度の接触だが、繰り返されると心臓の負担も大きい。

そもそも、ストーカー対策のために共に行動しているわけだから、やめてくれと云うわけにもいかず、胸苦しさを覚えながらひたすら耐えるのみだった。

（そうだ、涼太の誕生日プレゼントを探さないと）

人込みに流されるように乗り込んだ電車の中で目にした遊園地の吊《つ》り広告が目に入る。そこには涼太の好きなヒーローがショーをやっているという告知が載っていた。

幼い頃、一度だけ家族で遊園地のヒーローショーを見にいった淡い記憶がある。敵の怪人に脅かされて泣いてしまったらしいが、そのことは覚えていない。

第一希望の変身ベルトは余程の奇跡でも起こらない限り手に入らなさそうだ。となると、第二希望のものか似たようなものを用意するしかない。

きっと涼太は何をプレゼントしても、巽を気遣って嬉しがってくれるだろう。落胆の気持ちがあっても、それを隠そうとするに違いない。

それがわかっているからこそ、一番欲しいと思っているものを贈りたかった。

最寄り駅に着いたところでお迎えの時間まで三十分余裕があるのを確認し、駅ビルに入った。確か、五階か六階にホビーショップが入っていたはずだ。

軽く下見だけでもしておこうと、エスカレーターで上の階へと上がっていく。

「九条？」

途中で九条の姿を見つけ、思わずその階で降りてしまった。食器や調理器具、生活雑貨などの店舗が入っているフロアだ。

（人と会うんじゃなかったのか？）

このフロアにはカフェのような飲食店はない。九条の行き先が気になって、巽はついあとを追ってしまった。

彼が迷いのない足取りで向かったのは、ブランドものの調理器具を取り扱っている店だった。

「お待たせ、佐枝子《さえこ》」

「遅い！　十五分も待ったんだからね」

「！」

店で商品を眺めていた女性には見覚えがあった。彼女は九条の元妻だ。いまは系列会社に引き抜かれて関西にいるはずだが、いつ帰ってきたのだろうか。

仲違いをして別れたわけではないらしいから、元妻と会っていてもおかしくはない。だが、どんな用件なのか気になってしまい、こっそりと距離を詰めることにした。二人からは死角になりつつも話し声が聞こえる位置に移動する。

（完璧にストーカーに逆戻りだな）

見つかったら云い訳のしようもないが、いまさら大人しく立ち去ることはできなかった。

「仕事だったんだから仕方ないだろ。お前のほうが早すぎるんだよ。出張のついでって云わなかったか？」

「そうよ。思ってたよりも早く片づいたから半休取ったの。こんなにゆっくり買い物できる時間が取れたの久しぶり」

いま勤めている関西から東京《とうきょう》に戻ってくるタイミングで、巽と会うことになったのだろう。

（やっぱり、お似合いだよな……）

美男美女が並んでいると、どんな場所でも絵になる。気安く近寄れない雰囲気だ。

こういうとき、物語の傍観者になったような気分になる。いや、〃なった〃のではない。主役が隣にいたから錯覚しかけていたけれど、元より自分は村人Aでしかないのだ。

あの二人はどうして別れたのだろう？　傍目《はため》にはいまでも気の置けない関係に見える。

仕事のせいで別居することになったとしても、それぞれ自立した大人同士、遠距離でも上手くやっていけたのではないだろうか。

柱の陰からちらりと覗くと、九条のネクタイを佐枝子が直していた。

「相変わらずネクタイ結ぶの下手くそね」

「お前こそ口紅はみ出してるぞ」

九条は当たり前のようにネクタイを直され、当然のように親指で佐枝子の唇の端を拭っている。

「――――」

そのやりとりに、巽は頭を殴られたような衝撃を受けた。

（何でショックを受けてるんだ……？）

自分は嫉妬なんてできるような立場にはない。それなのに、心は大きく揺さぶられた。

勘違いしないよう云い聞かせてはいたけれど、思い上がっている自分がいたことに気がつかされた。

以前なら、親しく言葉を交わすなんておこがましいことを望んだりはしなかった。だけど、いまは一緒に帰り、食事を摂り、一つ屋根の下で眠っている。

身を弁《わきま》えた憧れでしかないと思っていた自分の気持ちが、いつの間にか焦がれるような恋心に変わっていた。

『恋人のふり』だと重々自覚していたつもりだったけれど、本当の恋人のような扱いをされて、九条への想いが膨らんでしまったのだ。

それはきっと、生身の九条を知ってしまったせいもあるだろう。ただ完璧なのではなく、悩みや苦しみを抱えた一人の男だと知ってしまった。

（ああ、そうか……）

九条はまだ佐枝子を愛しているのだろう。離婚をしたのは、ストーカーから彼女を守るためだったのではないだろうか。

仲睦《なかむつ》まじげに買い物をしている二人の間には、誰にも入り込めない雰囲気があった。

「いい物件が見つかってよかったな」

「やっぱり狭くても一人一部屋は欲しいしね。あ、でも、ちゃんと寝室は一緒だから大丈夫」

二人の会話で納得がいった。新しい部屋で心機一転やり直すのだろう。引っ越しまでにストーカーの件を片づけたかったのではないか。

彼女に対しては何もしてこないと云っていたけれど、いつエスカレートするかわからない。危険に晒しているかもしれないという不安を抱きながら過ごすよりはと別れることを選んだに違いない。

つまり、ストーカーがいなくなれば、心置きなくよりを戻せるということだ。巽に恋人のふりをさせたのも、彼女を危険な目に遭わせたくなかったからなのだろう。

「ねえ、このフライパンいいんじゃない？」

「意外と軽いな」

「でしょ？」

自ら追いかけてきたくせに、二人を見ていられなくなってその場をあとにする。

こんな形で自分の気持ちに気づいてしまうなんて思いもしなかった。

叶《かな》わないと頭でわかっていても、期待してしまう自分がいる。ずっと、一緒にいたい。自分だけを見ていて欲しい――そんな過分な願いが脳裏を過《よぎ》る。

人間は欲深くできているのだろう。一つ満たされれば、その次も求めたくなってしまう。

このまま『恋人のふり』を続けていたら、心がどうにかなってしまいそうだった。

9

眠れない夜を過ごし、翌朝を迎えた。

九条はきっと元妻と二人で過ごしたのだろう。嫉妬する権利もないのに、苦しさで胸がじりじりと焦がれる。

憧れの相手と親しくなり、それなりに打ち解けることができた。彼が自分に好感を持って接してくれているのはわかる。それだけでも、舞い上がるほど嬉しかった。

だけど、たった数週間そばにいただけで贅沢《ぜいたく》になってしまった。

自分に対する好意は物珍しさと好奇心によるものだろう。そもそも、彼は他者に対してマイナスの感情を抱くことはほとんどない。

家族間でのわだかまりはあるようだが、人づき合いの面では常に愛されてきた人間の余裕を感じる。

共に過ごすことがなくなっても、以前よりは近い距離でつき合うことができるだろう。

だけど、ただ見ているだけでよかった頃のほうが幸せだったのではないだろうか。近くにいなければ、こんな苦しい気持ちを知らずにすんだはずだ。

どんなに近づけたとしても、異性愛者の彼がパートナーとして自分を選ぶことはない。それがわかっていて恋心を募らせていく状況は生殺しでしかない。

「お泊まり、頑張れよ。寂しくなったら先生に云うんだぞ」

保育園の下駄箱のところで、一泊ぶんの荷物を手渡しながら涼太に告げる。

今日は年に一度の保育園のお泊まり会だ。日中は普段どおり過ごし、夕方からはみんなでカレーを作って食べたり、夜の園庭で宝探しをしたりするそうだ。

調理はほぼ先生たちがやるわけだが、みんなで協力して食事の用意をするという体験はきっと楽しいに違いない。

子供にとって初めてのお泊まり会はビッグイベントだ。こういう親元を長く離れる行事は子供たちも緊張する。

だが、普段できない体験をすることは、子供たちの自信にも繋がるだろう。

周りにはすでにぐずっている子もいるけれど、涼太は好奇心に目を輝かせている。

「だいじょーぶだよ。きょーへーのほうがおれがいなくてさみしくない？　あっ、きょうはゆーじんにきてもらいなよ。そのほうがおれもあんしんだし」

「大人だから大丈夫だ」

ませた発言に、先生たちも笑っている。実際、落ち着かない気持ちでいるのは自分のほうだ。心配で堪《たま》らない気持ちを堪えているのは涼太に知られないようにしなければならない。

「おとまりやだ……かえりたい……」

「こうくんかえっちゃうの？　いっしょにたからさがししようよ！」

べそをかいて母親を引き留めていた子に、涼太が声をかける。

「たからさがしはしたい」

子供には『宝探し』というワードは魅惑的なようだ。

「だろ？　さみしかったら、おれがいっしょにねてやるから」

「ほんとに？」

「うん！　やくそくする！　だから、こうくんもおとまりかいしよう」

「……がんばる」

こうくんと呼ばれた子は涼太の誘いにようやく笑みを見せた。隣にいる彼の母親もほっとした様子だ。

「こうくん、あっちでいっしょにおえかきしよう！」

涼太は彼の手を引いて教室に行こうとする。

「おい、涼太！　じゃあ、いってくるからな」

「あ、いってらっしゃーい！」

素っ気ない態度に寂しくなる。

「涼太くん、しっかりしてて偉いですね。本当に助かりました」

「大塚《おおつか》さん」

こうくんの母親に礼を云われるが、感謝されるべきは涼太だ。あとで褒めてやるべきかもしれない。

「保護者が頼りないんで、そのぶん頑張らないとと思ってるんでしょうね。むしろ、こっちが寂しいくらいです。あの調子だと叔父離れは相当早そうですね」

思わず本音を零すと、先生たちも大塚も声を立てて笑った。

「涼太くんは巽さんが大好きだから、背伸びしてるんですよ。心配しなくても大丈夫だと思います」

「そうでしょうか」

「明日、涼太くんにお泊まり会どうだったか訊いてみるといいと思いますよ」

先生は意味深なことを云ってニコニコとしている。

「巽さん、電車の時間大丈夫ですか？」

「もう行かないと！　それじゃ、よろしくお願いします」

「いってらっしゃい」

保育園をあとにして、駅へと足早に急ぐ。通勤電車は位置取りが重要だ。大きな体が迷惑にならないようできるだけ奥に乗るようにしているが、出遅れてしまうと扉のところで壁のようになってしまう。

「おはようございます！」

「九条？　何でこんな時間にいるんだ？　今日くらいゆっくりすればよかったろうに」

改札の手前で駆け寄ってきた九条に驚いた。

巽の部屋に泊まっている日は、家を出る都合でやむを得ず同じ電車に乗っていただけだ。フレックスタイム制の広報部は朝早く出社する必要はない。

「巽さんに会いたくて早起きしました」

胸が弾むようなことをさらりと云う九条の口が憎い。

「……本当にお前は口が上手いな。広報より営業が向いてるんじゃないか？」

「本心なんだけどな」

巽の軽口に、九条は爽やかに笑う。お約束になったやりとりも、今日は胃が痛くなるばかりだった。

「どうしたんですか？　顔色悪いですよ」

「大丈夫だ。ちょっと寝不足なだけ」

「ちゃんと朝ご飯食べてきましたか？」

「ああ」

「その顔はろくに食べてませんね？　コーヒーだけですませてきたんでしょう」

「涼太の残りを食べてきた」

「やっぱりそれだけじゃないですか。会社の近くでモーニングやってるとこあったかな。食べないと昼まで持ちませんよ？」

「一食くらい抜いたって大丈夫だ。それに食欲ねーんだよ」

「やっぱり！　無理したらダメですよ。俺にできることがあるなら云って下さい」

「マジで大丈夫だって。けど、ありがとな」

いまは九条の優しさが胸に染みる。しかし、九条が優しいのは誰に対してもだ。

彼の特別になりたいなんておこがましい願いを抱いてしまうとは、どうかしている。そんなこと、太陽が西から昇るくらいありえないことだ。

恋人のふりはもうやめたい——そんな言葉が喉元まで迫《せ》り上がってくるけれど、声にはならなかった。

言葉にすれば気まずくなるだけだとわかっている。幸せすぎる生き地獄の日々が早く終わることを心から祈るばかりだった。


「涼太がいないと静かですね」

「そうだな」

結局、今日も九条を家に連れてきてしまった。涼太がいれば賑やかさでどうにかなるのだが、生憎お泊まり会で留守にしている。

緊急事態があれば連絡が来ることになっているけれど、毎年みんなどうにか乗り越えているということだ。

明日は保育園で朝食をすませた子供たちを昼前に迎えにいくことになっているが、それまでは九条と二人きりということだ。

(よりによって、こんなときに……)

半年以上前から決まっていた行事にも八つ当たりをしたくなる。

無言が気まずくならないようにテレビをつけっ放しにしているけれど、いまの時間はあまり興味の持てないドラマしかやっていない。

「巽さん、ちょっと飲みすぎじゃないですか？」

「明日は休みなんだし、別にいいだろ」

二人きりの空間が気まずく、酒に逃げていたのだ。ソファの端と端に座っていても、存在を意識してしまう。今夜は涼太に助けを求めることができないのが辛い。

「酒強くないんですから、程々にしておいたほうがいいですよ。明日、涼太に酒臭い息で会う気ですか？」

「あっ」

九条は巽の手から取り上げた缶ビールを飲み干してしまう。

間接キス、という単語が脳裏に浮かんできた。

(何を考えてるんだ……！)

まるで中学生のような思考回路の自分が恥ずかしくなる。

意識しないよう必死に頭の中から追い払おうとするけれど、つい九条の唇に目が行ってしまう。無理やり顔の向きを変え、テレビ画面に視線を固定した。

「そういえば、巽さんと二人きりって初めてじゃないですか？」

「……そうだな」

巽の努力を嘲笑《あざわら》うかのように、九条は意識させるようなことを云ってくる。

「最近、ずっと巽さんたちと過ごしてたから昨日は一人で寂しかったです」

「昨日、一人だったのか？」

てっきり元妻と過ごしているのだと思い込んでいたから、そんな言葉が口をついて出てしまった。

「え？　どういう意味ですか？」

「あ、いや、約束があるって云ってたから……」

約束の相手が彼女だったことを知っているのは、九条のあとをつけたからだ。もうストーカー行為はしないという約束を破ったことになるため口を濁す。

「もしかして、夜通し飲んでたとでも思ったんですか？　飯食って解散しましたよ。学生の頃なら朝まで騒いでることもありましたけど、もうそんな元気ないですって」

「お前まだ二十七だろ」

元気がないと年寄りぶるにはまだ早すぎる年齢だ。

「不規則な生活が楽しい年頃は卒業したんです。みんなで飲みにいったりするより、巽さんと涼太と過ごしてるほうが楽しいです」

「お前にとって新鮮なだけじゃないか？　非日常だから楽しく感じるんだよ。しばらくしたら飽きると思うぞ」

「そうかなあ」

「そうだよ」

できることなら、巽の精神衛生のために早く飽きてもらいたい。

「でも、俺はこれが日常になって欲しいです」

「は？」

九条の発言に耳を疑う。どういう意図での言葉なのかわからず、困惑するしかなかった。

「巽さんもいい加減俺に慣れてくれてもいいのに」

「何云って……」

「いま緊張してるでしょう。巽さんのせいで俺までドキドキしてきましたよ」

「し、仕方ないだろ！」

否定したところで緊張していることは明白だ。九条を好きなことはとっくに知られているし、こういうときは割り切って開き直るしかない。

「――あの、巽さんの好きってどういう種類のものですか？」

九条は神妙な顔でわけのわからないことを訊いてくる。

「な、何だいきなり……」

「いまでもただ見ていたいだけですか？」

九条からのさらなる追及に混乱する。またからかわれているのかと思ったけれど、九条の声音は真剣だ。

（どういうつもりなんだ……？）

巽が彼のストーカーだったことはすでに知られている。その上で好意の種類を知ることが、九条にとってどんな意味を持つのか理解できなかった。

「おい、九条。さっきからどうしたんだ？」

ソファの上で詰め寄られる。いつにない真面目な表情に、身動きが取れなくなった。唇にかかる吐息が巽の背筋を震わせる。

「知りたいんです。あなたがどう思ってるのか」

「どうって云われても――」

「キスとかしたいと思いますか？」

「はあ!?」

驚きのあまり声がひっくり返る。

「俺はしたいです」

面食らっていたら、当たり前のように唇を押し当てられた。ロッカーの陰でされたキスより優しく、そして強引だった。

「う、ンン……ッ」

動揺に固まっているうちにソファに押し倒され、口づけが一層深くなる。押し入ってきたぬるりとした感触が、舌に絡みつく。舌同士が擦れる感触にぞくぞくと背筋が震え、下腹部が熱くなってくる。

足を膝で割られ、股間に腿《もも》を押しつけられる。キスで反応しかけていたそこは、ゆるく擦られただけで下着の中で窮屈になった。

両肩を押さえつけていた手が、巽の体をまさぐり始める。下着の中にその手を差し込まれた瞬間、我に返った。

(こんなのダメだ)

「やめろ……っ」

力いっぱい九条の体を突き飛ばす。拒絶された九条はショックを受けたような顔をしていたけれど、いまは気遣っている余裕はない。

唇に残る感触を消そうと手の甲で拭いながら、九条を睨《ね》めつけた。

「こういうことはしないって約束したよな?」

巽の問いに、今日の九条は謝ろうとしなかった。

「巽さんも男ならわかるでしょう?」

「……何が云いたいんだ」

「約束したけど、したくなりました」

「はあ?」

「やっぱり俺、巽さんのこと好きです」

あっさりと告げられた告白に苛立ちを覚える。

「お前、自分の云ってることの意味わかってんのか?」

「もちろんわかってますよ。巽さんと同じ意味の〝好き〟です。俺、巽さんでも抱けると思います」

九条の発言に、怒りを通り越して血の気が引いた。

「――ふざけるなよ」

「俺はふざけてなんか……」

「俺と同じだと? 〝抱ける〟と〝抱きたい〟じゃ、天と地ほど差があるんだよ!」

「!」

巽が吠えると九条は押し黙った。

「死ぬほど好きだし、できるもんならキスでもセックスでもしたいに決まってるだろ」

憧れて見つめているだけのときは、それ以上を望むどころか想像すらしたことはなかった。だけど、いまは彼の体温や匂い、吐息の感触まで知っている。

男としてイケナイ願望を抱きかけた瞬間もある。

「だったら——」

「けど、そういう無神経なところはむちゃくちゃ腹が立つ。俺はお前のことが好きだけど、同情や寂しさから関係を持つほど落ちぶれちゃいねーんだよ！」

九条のことは好きで好きで堪らないけれど、モテる人間のおこがましさに腹が立つ。

いままで拒まれたことがないからこそ、自分がどれだけ傲慢なことを云っているか自覚がないのだろう。

「俺はそんなつもりじゃ……」

巽の言葉に九条は顔色をなくす。

「無自覚だったら余計悪い。俺が拒むなんて微塵も思ってなかっただろ」

「——」

「一人で頭を冷やせ。お前は本当に好きなやつのところに行ったほうがいい」

巽はソファから立ち上がると、咄嗟《とっさ》にスマホを掴んでパーカーのポケットに突っ込み、後ろを振り向くことなく部屋をあとにした。

「あーくそ、何でこんなことになったんだ……」

行き先も決められないまま、街灯の灯《あか》りを頼りに歩く。巽のぼやきは生温かい夜の空気に流れて消えた。

（九条が俺を〝好き〟だって？　寝言は寝てから云いやがれ！）

もちろん、あの言葉が嬉しくなかったわけではない。だけど、舞い上がるような気持ち以上に思い入れの差を突きつけられたことが悲しかった。

自分がもっと器用だったら、あのまま彼を受け入れていたのかもしれない。

九条にとって好意と厚意は気軽なものなのだ。もちろん、それが悪いわけではない。だけど、自分の想いまで同じように軽く扱われているようで我慢できなかった。

相手に同じ重さの想いを求めていたら、交際なんてできやしない。そう頭ではわかっていても、心が拒否してしまったのだから仕方ない。

「どうせなら一回くらいヤっとけばよかったかな」

巽は空を仰《あお》ぎ見ながら、自嘲の笑みを浮かべて投げやりに呟いた。思い出の一つになったかもしれないが、あとで苦しくなるのは目に見えている。

どこかで時間を潰そうと駅に向かって歩いていると、不意に視線を感じた。

「……っ」

九条が追いかけてきたのかと思って振り返ったが誰もいない。静まり返った夜道を見ながら自嘲めいた笑いを零す。

(自分から逃げ出してきたくせに、追いかけてくるのを期待してるなんて図々《ずうずう》しいにも程があるよな)

きっと風に揺れた木の枝が視界の端を掠《かす》ったのだろう。神経が過敏になっているせいで、些細《ささい》なことが気になってしまうのだ。

夜遅くまで開いている店を探して、駅前を彷徨《さまよ》う。手元にあるのはスマホだけだ。クレジット機能を使える店でなければ入れない。

商店街の手前にある居酒屋の看板には、クレジットOKと書かれていた。

「ここでいいか……」

二、三時間程度時間を潰していれば、九条もその間に帰っているだろう。

ずっとスマートなつき合いをしてきた男だ。巽のような重くて面倒くさいタイプとどうこうしたいと思うわけがない。時間が経てば気の迷いだったと気づくはずだ。

自動ドアを通って店内に足を踏み入れると、居酒屋独特の音楽と人の話し声が混じった空気が押し寄せてきた。

鬱々《うつうつ》としてしまいそうないまは、この賑やかさがありがたい。

「つらしゃいませー！　お一人様ですか？」

「ああ」

「あちらの奥の席にどうぞー」

案内されたのは、カウンター席の端だった。一人で飲むにはちょうどいい。お通しを持ってきた店員を摑まえて注文する。

「この一番上の焼酎、ロックで」

「うう……」

頭が割れるように痛い。あまりの痛みに覚醒する。九条に迫られ、逃げ出した先でやけ酒を飲み始めた。

三杯目を注文したところまでは覚えているけれど、それ以降の記憶がない。酒はあまり強くないけれど、完全に意識を失ったのは初めてだ。

巽のがっちりとした体格と強面の顔のせいで酒豪に見られることも多いのだが、酒の席では粗相をしないようにセーブして過ごしているだけのことだ。

しかし、今日の酒はやけ酒だ。代謝は早いほうだから、水を飲んで一眠りすれば体調もマシになるだろうが、いまはひたすら辛いだけだ。

キッチンへ行こうと重怠《おもだる》い体をどうにか起こした巽は、自分のいる場所が自宅ではないことに気がついた。

「ここ、どこだ？」

状況を把握しようと辺りを見回して、見知らぬ部屋のベッドでパンツ一枚でいる自分の姿にぎょっとした。

「!?」

この部屋は誰の家なのだろうか。もしかして粗相をして服を嘔吐物《おうと》で汚してしまったのだろうか。誰かが家に連れてきて介抱してくれたのかもしれない。

室内にあるのはシングルベッドと望遠鏡だけだ。カーテンは閉じていて、ドアの近くにあるフットライトだけが明かりを放っている。

間取りは1DKといったところだろうか。引き戸の隙間から向こうの部屋の光が漏れている。

何がどうなったのかはさっぱりわからないが、裸のままでいるのは落ち着かない。薄闇の中、ベッドの下に落ちている服を拾い上げてみる。

(服は汚れてないみたいだな)

一先ず、このまま身に着けても問題はなさそうだ。スマホもパーカーのポケットに入っている。ほっとしてTシャツに袖を通していたら、引き戸の向こうから人の話し声が聞こえてきた。

この部屋の住人に迷惑をかけた詫《わ》びをしなければと部屋を出ようとしたのだが、その声に聞き覚えがある気がして足を止めた。

「急に呼び出すから何かと思ったら、あいつを運べって今度は何を企《たくら》んでるんだ?」

「ささやかな仕返しよ」

間違いない。彼らは新谷と沢井だ。

ここは二人のどちらかの家なのだろうか。しかし、新谷には妻がいたはずだ。となると、沢井の部屋ということになる。

沢井の『仕返し』という不穏な発言が気にかかる。いったい、何をするつもりでいるのだろうか。

「強そうな顔のわりにお酒に弱くて助かったわ。あれじゃ睡眠薬なんて使わなくてもよかったかも」

「どうやって薬を盛ったんだ？」

「あいつのマンションの近くを散歩してたら一人で出てきたから、あとをつけたの。居酒屋に入っていったから、私もそのお店に入って席を外した隙に入れただけよ」

巽のマンションの周りをうろついていたと知り、寒気が走る。

（もしかして、九条のストーカーって彼女だったのか……？）

そう考えると、先日感じた視線の件も納得がいく。同じ会社の同じ部署ならば、個人情報を手に入れるのもそう難しくはないだろう。

九条が自分になびかなかったことで逆恨みしたのかと思っていたけれど、それ以前から彼に執着していたようだ。

「なかなか薬が溶けてくれないから怪しまれるかと思ったら、全然気づかないんだもの」

知らぬうちに薬を盛られていたとわかり、恐ろしくなる。意識を失うだけですんだけれど、アルコールと睡眠薬を同時に摂らされたら万が一の場合だってあるはずだ。

「しっかし、クソ重かったな。これだから無駄にデカいやつは嫌なんだ」

意識を失った巽を運んできたのは新谷のようだ。

「で、今回はどうするんだ？」

「もう準備はすんでるから簡単。あいつが目を覚ます前に通報して、警察に現場を押さえさせるだけ」

沢井の計画が判明し、血の気が引いた。

（今度は俺をハメるつもりか！）

沢井は巽に酔い潰されて乱暴されたとでも云うつもりなのだろう。そのために巽の服を脱がせ、ベッドに寝かせておいたようだ。

現実はどちらかというと逆の立場なのだが、男である以上被害者だという証明は難しい。

「いまさらだけど、上手くいくのか？」

「何云ってるのよ、上手くやればいいだけでしょ」

「簡単に云うけどな、どういう理由で巽と居酒屋に行ったって云うんだ？」

新谷の疑問は巽も気になっていたことだ。

「誤解を解くために話をすることにしたとでも云えばいいでしょ。あいつさえいなければ、何もかも上手くいったのに！　少しは痛い目見るといいのよ」

「なあ、そんなカッカしてないでちょっと落ち着けよ」

ピリピリしている沢井に対し、新谷が猫なで声を出す。

「やめて、触らないで」

沢井の鋭い拒絶の声が聞こえた。

「何だよ、つれないな。暴行されたって云うなら、そういう雰囲気出しておいたほうがいいだろ？」

「こんなときによくセックスのことなんか考えられるわね。下半身でしかものを考えられない男ってホント最低」

「なっ……最初に誘ってきたのはそっちじゃないか！」

冷ややかな沢井の声に、新谷が激昂《げっこう》して声を荒らげる。

（あの二人デキてたのか……！）

衝撃の事実に目が飛び出そうになった。やりとりから察するに、彼らは愛人関係にあるようだ。沢井から誘いをかけ、いまでは新谷のほうがのめり込んでいるというところだろうか。

「俺の役目はすんだみたいだから帰らせてもらうわ。精々、上手くいくといいな」

「大体、失敗したのはあんたのせいでしょ？　この日なら絶対上手くいくって云うから実行したんじゃない！　お陰で仕事クビになりそう」

「仕方ねーだろ！　あいつがアリバイ証明しに乗り込んでくるなんて予想できたか!?」

「だとしても、上手く取り繕いなさいよ！　ぺらぺら計画を喋るなんて無能もいいところじゃない。どう責任取ってくれるわけ!?」

「そもそも計画を立てたのはお前だろ！　絶対上手くいくからって」

九条を陥れる作戦は、新谷が主導していたのだろうと思っていた。けれど、彼らの話から察するに、沢井が立てた計画のようだ。

「上手くいくはずだったのよ！　あんたさえ失敗しなきゃね」

全ての責任を押しつけられた新谷がキレる。

「大体なあ！　お前が余計なやつらにまで広めなかったら、全部内々で済ませられたんだよ！」

「私のせいだっていうの!?」

「そうだよ！　噂になってなきゃ巽だってしゃしゃり出てくることなかったっつーのに、会社中に広めてどうするつもりだったんだ」

「そ、それは大勢から責められたほうが孤立して追い詰められると思ったのよ！」

「上手くいかなかったけどな」

仲違いが始まり、聞き耳を立てている巽のほうが冷や冷やしてしまう。

「これでようやく彼が私のものになるはずだったのに！」

「はあ？」

「仕事も周りからの信頼もなくせば、彼に残るのは私だけ。彼を慰められるのは私しかいないって彼だってわかってくれるに決まってる。なのに、邪魔な女がいなくなったと思ったら、今度は男が纏《まと》わりつくなんて想定外だったわ」

「何云ってるんだ……？　お前、まともじゃねーよ」

陶然と語られた内容に鳥肌が立つ。沢井の妄想気味の発言に新谷すらも引いていた。

（やっぱり、沢井さんが九条のストーカーだったのか!?）

犯人がわかり、不可解だった点が繋がりはしたけれど、信じられない気持ちでいっぱいだった。

「あなたには私の想いがどれだけ尊いものかわからないでしょうね。彼はいつか真実の愛に気づいてくれるはずよ」

沢井は熱い持論を振りかざしている。曰く、九条を追いかけ、同じ大学に進み、同じ会社に入ったという。

（ぼーっとしてる場合じゃない）

沢井の妄想に唖然《あぜん》としてしまったけれど、みすみすハメられるつもりはない。彼らに起きていることを悟られないうちに逃げ出さなければ。しかし、玄関から大人しく帰してはもらえないだろう。

窓の外の景色から鑑みて、ここは二階だ。窓から抜け出して、ベランダ伝いに下へ降りられないだろうか。脱出方法を思案していたら、コンコンと窓を叩く音がした。

気のせいだろうと無視していたけれど、再び音が聞こえる。顔を上げると、窓の外には九条がいて思わず二度見してしまった。

「く――――」

思わず名前を呼びそうになり、自分の口を手で塞ぐ。起きていることに彼らが気づいたら厄介なことになる。

深呼吸を一度して、施錠をそっと外し音を立てないように窓を開けた。

「助けにきました。巽さん、無事ですか？」

「俺は無事だが、何でここにいるってわかったんだ？」

彼に聞こえないよう小声で問う。

「愛の力で――ってのは冗談です。巽さんがなかなか戻ってこないので心配になって、タブレットを使ってスマホのＧＰＳで場所を特定したんです。勝手にすみません」

「なるほどな……」

涼太の迷子対策が功を奏したということか。スマホだけは肌身離さず持っていて助かった。

「友達の家にでもいるのかもしれないと思って、巽さんを迎えに来たんです。でも、このアパートの前に着いたら、この部屋に新谷さんが入っていくのが見えたので何かあるなと。表札を見たら沢井と書いてあったので、またあの二人が何か画策してるんだろうと気づいたんです」

「お前、探偵になれるんじゃないのか？」

九条の考察に感心する。自分なら何も考えずに部屋に押しかけてしまいそうだ。

「自分の冤罪の件もあったので、察しがついただけですよ」

「ところで、どうやってここまで上がってきたんだ？」

アパートの二階はそれほどの高さではないにしても、自力でベランダ側から登るのは難しいだろう。いくら運動神経がいいといっても忍者のように登ってくるのは現実的ではない。

「お隣の部屋の人に協力してもらいました。」

「はあ？　何て云って協力してもらったんだ？」

「隣の部屋に知人が監禁されているのを助けたいって云って」

「怪しまれただろう……」

「快く協力してもらえましたよ」

自分だったらドアも開けずに断っているだろうが、この部屋の隣人は相当お人好しか物見高い人物なのだろう。

「とりあえず、見つからないうちに逃げましょうか」

「そうだな」

九条は境の柵を乗り越え、手すり伝いに隣のベランダへと戻っていく。巽もベランダに出ようとした瞬間、部屋の引き戸が開いた。

「！」

「おい、あいつ起きてるぞ!?」

「何ですって!?」

タイミングの悪さに天を仰ぐ。

彼らに見つかる前に立ち去っておきたかったけれど、発見されてしまった以上仕方ない。二人に九条の姿を見られなかったのは不幸中の幸いだろう。

隣から顔だけを覗かせて心配そうにしている九条を手ぶりで追い払い、唇の動きで『隠れてろ』と伝える。いまここで九条が見つかると余計にややこしいことになってしまう。

「お前、どこに行くつもりだ!?」

「どこって帰るだけですよ。あんたらの計画につき合う義理はありませんからね」

「こいつ俺たちの話を――」

巽の言葉に、新谷は表情を引き攣らせた。話を聞いていなくても、この状況だけで充分問題があると思うのだが、余程知られたくない内容だったのだろう。

「絶対に逃がさないで！　何でもいいから黙らせないと」

「で、でも、黙らせるってどうやって……」

「いくらでも手段はあるでしょ!?」

一旦どこかに引っ込んだ沢井は、物騒なものを手に戻ってきた。

「何だこれ」

何かの道具らしきものを押しつけられた新谷は困惑の表情を浮かべている。

「肉叩きよ。ちょっと痛い目に遭わせておいたほうがいいだろうから」

「肉叩き!?」

衝撃のあまり、新谷とハモってしまった。まさかあれで自分を殴らせるつもりなのだろうか。これまでのこともずいぶん過激ではあったけれど、あんな物騒なもので殴られたら命の危険がある。

「いや、それはちょっとどうなんだ……？」

「あんたみたいなヘタレが素手でどうにかなると思ってるの？　こんなときくらい男を見せたらどうなのよ！　一体、いつ役に立ってくれるわけ!?」

怯んでいる新谷を沢井は煽り立てる。

「くそお……ッ」

焚《た》きつけられた新谷が肉叩きを手に襲いかかってきた。

「マジかよ!?」

振り下ろされる攻撃を避けると、新谷は勢いのままベッドに倒れ込んだ。

「やめて下さい、新谷さん！　あんたは利用されただけじゃないのか!?」

「……そうかもしれないな」

「だったら、これ以上バカな真似はしないで下さい。自棄《やけ》になってどうするんですか」

「いまさらもう引き返せないんだよ……！」

自暴自棄な発言と共に新谷は起き上がり、巽に向かって肉叩きを振り回してくる。

「うわあああああ！」

「やめ、危ないだろ！」

狭い部屋で攻撃を避けるのはなかなかに難しい。鉄の塊が壁にめり込む様子を目《ま》の当たりにすると、背中に冷や汗が伝う。

「引き返せなくても、これ以上最悪にはならないように……って、うわ！　だから、やめろって云ってるだろ！」

防戦一方では埒《らち》があかない。振り下ろされる肉叩きを避けたあと、右ストレートを新谷の頬に叩き込んだ。

「うぐあッ」

新谷は呆気《あっけ》なく殴り飛ばされた。力を入れすぎたのか、倒れ込んだまま起きてこない。その様子を見て、沢井が叫び声を上げた。

「キャー！　人殺し!!」

「いや、どっちが……」

お前が云うな、としか云いようのない沢井の発言に呆れてしまう。殺されそうだったのは巽のほうだ。

しかし、このまま放っておいたらでっち上げの証言をされそうだ。巽の行為は正当防衛だが、それを信じてもらえなかったらどうしようもない。

この場をどう切り抜けようかと頭を捻《ひね》っていたら、玄関のドアが勢いよく開くのが開いたままの部屋の戸から見えた。

「ちょっと！　一体何の騒ぎ!?　いつまで待ってればいいのよ！」

「!?」

乗り込んできたのは、目を三角に吊り上げた女性だった。普通にしていたら楚々《そそ》としたタイプだろうと思われるが、いまは怒りが表情から溢《あふ》れていた。

（だ、誰だ……？）

騒音に耐えかねた近所の住人かと思ったが、彼女の発言には不可解な点もある。待っていたというのはどういう意味なのだろうか。

困惑しているのは沢井も同じようで、戸惑った様子で腰が引けている。

「ちょ、ちょっと、勝手に人の家に入ってこないでよ！」

「人の旦那寝取っておいて、そんなこと云えた義理!?　あんたがウチの旦那の浮気相手なんでしょ！」

「!?」

彼女の発言から衝撃の事実が判明する。

（新谷さんの奥さんか！）

どういう経緯で登場したのかはわからないが、事態が余計にややこしくなったことは確かだ。

「あ、あんな男、好きで相手してたわけじゃないわよ！」

「はあ!? あんたから誘惑しておいて、よくそんなこと云えるわね！」

どうやってこの場を収めたらいいのかと困り果てていたら、ベランダから声がした。

「巽さん、いまのうちです」

九条の顔を見て、逃げ場があったことを思い出す。沢井の意識が逸れているうちに避難しよう。

「早くこっちに」

「お、おう」

柵を乗り越えて隣の部屋のベランダに降り立った瞬間、ものすごい音が聞こえてきた。それに重なるように怒鳴り合う声もする。

「カオスだ……」

文字どおり、キャットファイトが繰り広げられているのだろう。

「すみません、助けにいけなくて」

「いや、あの場にお前が来たらもっとヤバいことになってただろ」

沢井のあの様子だと、何をしでかしていたか想像もつかない。

「いやあ、何だか大変そうだねえ」

一息つくと共に押し寄せてきた疲労にぐったりしていると、のんびりした声がした。

「あっ、見ず知らずの人に大変ご迷惑をおかけして申し訳ありません」

部屋の中にいた初対面の隣人に頭を下げるとニコニコとした菩薩《ぼさつ》のような笑みを返される。

「いいよいいよ、何かドラマみたいで楽しかったし、無事なようでよかったね」

「本当にありがとうございました。また後日お礼に伺わせて下さい」

「気にしないでいいって。気をつけて帰ってね」

「巽さん、とりあえずここを離れましょうか。沢井さんたちに見つかると厄介ですから」

「そうだな」

急かされるように隣人の部屋を抜け、軟禁されていたアパートから抜け出したのだった。

10

「隣の人、すごくいい人だったな」

「本当に助かりました」

彼のお陰で助かったが、あまりの人のよさにその身を案じてしまうほどだった。

改めて礼に来ることを約束し、その場を辞した。

沢井の部屋では修羅場が繰り広げられていたため、巽のスニーカーを回収することはできなかった。

隣人が古いサンダルを貸してくれたので、それを突っかけて夜道を歩く。

「なあ、あの彼女はもしかして……」

気になっていたことを切り出すと、九条はことなげに答えを口にした。

「新谷さんの奥さんです。俺が呼んでおきました」

「お前が呼んだのか!?」

「俺一人だと心許《もと》なかったので。以前、家族も参加できる親睦会のときに連絡先を交換してあったんです。新谷さんの浮気を相談されていて、証拠を押さえたいと云っていたのを思い出したので来てもらいました」

「へ、へえ……」

「俺が巽さんを助けに入る間、外で少し待ってもらったんです。待たせすぎて痺《しび》れを切らしたみたいですけど、あのタイミングで入ってくれて助かりました」

「………」

九条の抜け目のなさに言葉を失う。

（そうだ、こいつめちゃくちゃ仕事できるやつだった……）

平凡な人間の感情に鈍いところはあるけれど、隙のない仕事ぶりは有名だ。華やかな容姿や人気をやっかむ人間もいるけれど、足を引っ張る要素がない。

だからこそ、新谷もセクハラを捏造して陥れようとしたのだろう。

「彼女、置いていっていいのか？」

巽に危害を加えようとしてきたことを考えると、一人にすると危ないのではないだろうか。

「むしろ、俺たちはいないほうがいいんじゃないですか？　余計にややこしくなりそうですし」

「それもそうか……」

「念のため、警察に通報してありますからご心配なく」

「本当にぬかりないな……」

そのときちょうど巽たちの横をパトカーが走り抜けていく。きっと、沢井の家に向かっているのだろう。

「あ、あの！　とりあえずウチのほうが近いのでよかったら来て下さい。巽さんがよければですけど」

九条は躊躇いがちにそう切り出した。

「あー、じゃあ少し休ませてもらってもいいか？」

自分で思っている以上に精神的に疲弊していた。家に帰りたい気持ちもあるが、一先ずどこかで落ち着きたい。

「もちろん。ゆっくりしていって下さい」

巽の返事に九条は不安げだった表情を綻ばせた。

「あー……、色々聞きたいことはあるんだが――」

最早、何から切り出せばいいのかわからない。そもそも、九条に怒って家を飛び出したのだが、それ以上に衝撃的な目に遭ったせいですっかり毒気を抜かれていた。

「混乱してますよね」

「まあな……」

「あんな目に遭ったんだから当然ですよ」

「九条が来てくれて助かった」

「無事でよかったです。初めは警察を呼ぼうかと思ったんですが、彼らが俺をハメようとしたことを考えたら得策じゃないなと思って。どんな出任せを云われるかわかりませんから」

「確かにな」

あのまま警官が踏み込んできたとしたらあらぬ誤解を受けてもおかしくはない状況だった。男の自分が酔い潰されて連れ込まれたと云っても説得力は薄い。

沢井は冤罪を着せるために巽を連れてきたのだから、偽の証拠くらい用意していただろう。

「もっと早く助けにいきたかったんですけど、新谷さんの奥さんが来るのを待っていたので遅れました」

あの状況で新谷の妻に連絡しようと思いつくあたりがすごい。浮気現場を押さえさせるなんて、巽だったら考えつかなかっただろう。

「ところで、お前はあの二人がデキてたって知ってたのか？」

デキていたというより、沢井が男女の関係に持ち込ませて新谷を利用していたと云ったほうが正確かもしれない。

「部長からそれとなく調査結果を教えてもらいました。その前から薄々気づいてはいましたけど。俺の次は巽さんを逆恨みするとは思いませんでした。巻き込んでしまって本当にすみませんでした」

「飲みかけの酒を残して席を立った俺の落ち度だよ」

外で酩酊《めいてい》するほど酒を飲んでいたせいで、注意力散漫になっていたのだ。

「それにしても、沢井さんがお前のストーカーだったとはな」

「え、そうだったんですか⁉」

九条は驚きの声を上げた。これまでの環境のせいで、自分に向けられる気持ちにはとことん鈍くなっているのかもしれない。

「全然気づいてなかったのか？　あの様子だと、長いことお前をつけ回してたのは彼女だと思う」

大学も会社も九条を追いかけて入ったと云っていた。もしかしたら、あのアパートも九条を監視するために近くの物件を探したのかもしれない。

「全く気づきませんでした」

さすがの九条も呆然としている。同じ職場の同僚が自分のストーカーだったと判明したら、誰だってショックを受けるだろう。

「彼女はいつかお前が気づいて振り向いてくれると信じてたみたいだ。お前を陥れようとしたのは、何もかも失わせれば自分だけが支えになれるからと云っていた」

沢井だって最初は純粋に九条のことを好きになったはずだ。思い詰めるあまりに感情を拗らせ、犯罪めいた行動を取るようになっていったのだろう。

あの二人が話していた内容を掻い摘《つま》んで伝えると、九条は意外そうな様子で呟いた。

「それじゃ、新谷さんが主導してたんじゃなかったんだ……」

「そういうことだな」

「人は見かけによらないですね」

「彼女が近くに住んでるってことも知らなかったのか？」

「全く知りませんでした。会社ではあの飲み会のときまで、俺に興味がある素振りなんて見せませんでしたから」

自分がストーカーであることに気づかれないよう振る舞っていたのだろう。

「でも、これでストーカーの正体がはっきりしたな」

「ええ、警察も被害届を受理してくれるかもしれません」

「解決しそうでよかったな」

ストーカーの件が片づいたということは、九条が巽と一緒にいる必要がなくなったということだ。

接点が減れば、気の迷いによる感情も忘れ去られていくだろう。

（これでやっと終わりだな）

そうなることを望んでいたはずなのに、後ろ髪を引かれる想いも否定できない。いまはただ矛盾する感情を持て余すことしかできなかった。


「どうぞ、入って下さい」

「邪魔するぞ」

連れてこられたのは、外観の美しいデザイナーズマンションだった。

（九条の家に来られる日が来るなんてな）

これが最後の思い出になると思うと、何だか感慨深い。

シューズボックスのスペースには腕時計などを入れるような小物入れがあり、壁には絵が飾られていた。

「涼太の絵、飾ってくれてるのか」

立派な額縁に収まっているのは、先日涼太が描いた三人の絵だ。大事にすると云っていたけれど、特等席と云える場所に飾られていて驚いた。

「悪くないでしょう？　この絵を見ると元気が出るんです。だから、玄関に飾るのが一番いいかと思って。いまのところ、巽さんの家から出勤してばかりですけど」

「涼太に教えてやったら喜ぶだろうな」

「いまコーヒー淹《い》れますね。お茶のほうがいいですか？」

「いや、コーヒーをくれるか？」

普段はこの時間にコーヒーを飲むことはないけれど、いまはカフェインで頭をはっきりさせたい。

「わかりました。てきとうに座ってて下さい」

２ＬＤＫはありそうな間取りで、広々としたリビングはモデルルームのようだった。

九条はカウンターキッチンに立ち、コーヒー豆をひくところから始めている。独身ならではの生活の余裕を感じる。

「部屋広いな」

「どうしても一人一部屋欲しいって云われて結婚したときに引っ越してきたんです。いまは持て余してますけど」

「……なるほどな」

元妻の気配を感じて、胸がざらつく。落ち着かない気持ちで革張りのソファに腰を下ろした。

「どうせ寝るだけだし狭い部屋に引っ越そうと思ってるんですけど、いい物件がなかなか見つからなくて」

本当は彼女が戻ってくる場所を残しているのではないだろうか。迷惑していたストーカーの件も解決の希望が見えてきた。いまならよりを戻しても支障はないはずだ。

「お待たせしました」

「あ、ああ、さんきゅ」

ぼんやりとしていたら、目の前にコーヒーが運ばれてきた。

カップに手を伸ばし、一口啜る。自社製品のコーヒーも美味しいけれど、九条がドリップで淹れてくれたコーヒーは別格の味がした。

「……美味い」

「よかった。とっておきの豆を使ったんです」

九条が隣に腰を下ろすと、急に緊張してきた。互いに云いたいことがあるけれど、なかなか切り出せない。

「あの……！」

「あのな」

気まずい沈黙が続く中、思い切って口を開いたらタイミングが被ってしまった。

「すみません、何ですか？」

「俺はあとでいい。お前から先に云え」

「——わかりました。俺、巽さんに謝らないといけないことがあるんです」

巽の部屋でのやりとりのことだろうか。いま思い返すと、細かいことをうじうじと気にしていた自分が恥ずかしい。自分と同じくらいの気持ちで好きになって欲しいなんて、図々しい願いだった。

「ストーカーに困っていたというのは咄嗟についた出任せだったんです」

「出任せ？」

「ストーカーされてたのは本当のことですけど、実はあんまり気にしてなかったんです。けど、あのとき巽さんが会社を辞めるって云い出したから、どうにか思い止まらせたくて恋人のふりをして欲しいって云ったんです」

「俺のために……？」

「あのままだと本当に会社を辞める勢いだったから、つい」

「そうだったのか――」

あのときは九条に対して自爆してしまったことで動揺していた。いま思い返すと、何もかもが考えなしの行動で恥ずかしい。

無職になるつもりはなかったけれど、子育てにあんなに配慮してくれる会社から転職しようとしていたことも浅慮だった。

「気を遣わせて悪かった。謝らなきゃいけないのは俺のほうだろ。無理に振る舞ってくれてたってことだよな」

「無理はしてません。もっと巽さんのことを知りたかったから」

「え？」

「巽さんのことは前から気になってました。真面目で一本気で筋が通ってるところを尊敬してたんです。他の人みたいに俺のことを無闇にちやほやしないところもありがたかったです」

「いや、それは……」

初めの頃は軽薄そうに見えて敬遠していたからだし、好きだと気づいてからは緊張して近寄ることも難しくなっただけの話だ。

「セクハラ容疑で呼び出されたとき、みんなは遠巻きに見てるだけだったのに、巽さんだけは保身も考えずに助けに乗り込んできてくれて。あのときの巽さん、めちゃくちゃカッコよかったです」

「そ、そうか」

「なのに、俺と二人になったら急に照れ屋になって……そのギャップにやられました」

「は？」

九条の云っていることがまともに頭に入ってこない。九条が寝言を云っているか、自分が夢を見ているかのどちらかではないだろうか。

「女性との恋愛経験はありますけど、自分から好きになったことっていままで一度もなくて」

「まあ、そうだろうな……」

九条が何かしらの感情を抱く前に、告白をされるという状態だったのだろう。じっくりと自分の気持ちと向き合う猶予がなければ片想いをする余裕なんてできやしない。

「俺のことを好きだっていう子はこうして欲しい、ああして欲しいって云うんです。だから、何をしたら喜ぶのかは簡単でした。でも、巽さんは俺を好きだって云ってくれるけど、俺には何も望んでなくて、どうアプローチしていいか全然わからなかったんです」

九条の苦悩を聞かされ、居心地の悪い気分になる。

（何の期待もしてなかったしな……）

遠くから見ていられるだけで幸せだった相手が隣にいる状況で、それ以上何を望むというのか。彼が憂いなく過ごせていることが何より嬉しいと思っていた。

それでも一緒に過ごすうちに欲は出てきたけれど、それを求めるほど若くもなかったというだけだ。

「さっきは失礼な物云いをしてしまってすみません。巽さんに怒られるまで、自分の無神経さに気づいてませんでした。もう遅いかもしれませんけど、訂正させて下さい。巽さん〝でも〟いいなんて思ってません。巽さんだから抱きたいって思ったんです」

「……ッ」

「本当に好きな人のところに行けって云うから迎えにきました。あなたが好きです。好きだから触りたいし、他の誰にも触らせたくない。俺だけ見ていて欲しい。いますぐ抱いて俺のものにしてしまいたい」

「ほ、本当に俺でいいのか？」

「巽さんがいいんです」

「……っ」

ストーキングしているときは性的なことまで考えていなかったし、自分が抱かれるところなど微塵も想像していなかった。しかし、九条が抱きたいというのなら別に構わない。

熱烈な告白に心が震える。不安げな眼差しを向ける九条の姿に、やっと素直に言葉を受け取れる気持ちになった。まだ夢のような気分だけれど、嬉しくないわけがなかった。

ただ一つ気になっていることがあった。

「――この間、元の奥さんに会ってただろ」

「え？」

「涼太のプレゼントを探しにいったときに見かけた。駅ビルにいただろ」

「ああ、あのときですか」

九条は得心がいったという顔になる。

「彼女、再婚が決まったんです」

「再婚？」

「だから、そのお祝いに高い鍋をねだられてて。痛い出費でした。こんなときにあいつの話はいいでしょう」

「そうだったのか……」

「もしかして、彼女とよりを戻すとでも思ったんですか？」

気まずさを覚えながら小さく頷く。

「あいつのことを気にしてたってことは、嫉妬してくれてたってことですよね」

「さ、さぁな」

曖昧な返事をしたが、真っ赤になっていては肯定したも同然だ。

「嬉しいです」

「……！」

ぎゅっと手を握られ、びくりと肩が跳ねる。

ここまできたら、九条と自分の気持ちに真正面から向き合わなければならない。どんなに不安でも、どんなに怖くても、もう逃げることはできなかった。

「巽さん。俺のものになってくれますか？」

「へ、返品不可だからな」

照れ隠しに混ぜっ返すような答えになってしまったが、九条は嬉しそうに破顔した。

「返品なんて絶対にしません」

キラキラと輝く笑顔に心臓を撃ち抜かれる。好きな人の笑顔はどうしてこうも破壊力があるのだろう。

泣きたくなるくらいの幸せと自分に対する自信のなさからくる心許なさが入り交じっていて、感情がぐちゃぐちゃだった。

「それじゃ、こっち来て下さい」

「へ？　どこ行くんだ？」

九条は巽の手を引き、どこかへ連れていこうとする。

「寝室ですけど」

「!?　そそそういうのは気が早くないか!?」

真顔で告げられ、顔から火を噴く。一気にセンチメンタルな気分に浸っている場合ではなくなった。

「早くないです。俺たち、もうアラサーですよ？」

「いや、しかしだな」

九条は慣れているのかもしれないが、巽は未経験だ。そんな簡単に大人の関係に持ち込まれても困ってしまう。

「大丈夫、怖くないですから」

「ま、待て！　せめてシャワー浴びてきてもいいか？　すぐすませるから」

寝室と思《おぼ》しき部屋の前で最後の足掻《あが》きをする。一日過ごしたあとで風呂にも入っていない体に触れられるのは嫌だ。

「何云ってるんですか、待てるわけないでしょう」

「けど、汗臭いだろ」

「巽さんの汗の匂い好きです」

「わざわざ嗅《か》ぐな！」

顔を近づけられ、首元の匂いを嗅がれる。

「巽さんも俺のなら平気でしょう？」

「……それはまあ、そうだな……」

平気どころかむしろ興奮する。想像して、思わず喉を鳴らしてしまった。

「ほら、問題ないじゃないですか」

「いやいやいや、俺が嫌なんだよ！」

気にならないと云われても、自分のほうが落ち着かない。

「それじゃあ、一緒にシャワー浴びましょうか」

「え⁉」

行き先を寝室から浴室へと変更された。百八十センチ超えの男二人が脱衣所にいるのはさすがに窮屈だ。互いの距離が近くて緊張する。

（逃げ場がない……）

シャワーを浴びて気持ちの整理をするつもりだったのに、その思惑は上手くはいかなかった。妥協はしてもらえたのだから、これ以上文句も云いにくい。

「……なあ、本当に勃《た》つのか？」

九条はノンケのはずだ。結婚もしていたし、これまでつき合った相手は異性しかいないと云っていた。

「不思議ですよね。これまで男の体に興味なんて持ったことすらなかったのに、あなたの体には興奮するんですから」

「何云って……」

「触ってみますか？」

「⁉」

手を掴んで導かれたそこはすでに臨戦態勢になっていた。同性であるが故にその苦しさも理解できてしまう。

「これで信じてくれました？」

「現実とは思えない」

あの〝九条〟が自分に欲情している。

「だったらそのまま夢心地でいてください」

九条は巽にそう囁き、服を脱がしにかかってきた。

「ふ、服くらい自分で脱げる……！」

「相手の服を脱がすのが楽しいんじゃないですか」

「そうなのか……」

パーカーを肩から落とされ、Tシャツを頭から抜かれる。

「服を脱がされるのは今日二度目だな」

「二度目!?　あいつらに何かされたんですか!?」

ふと漏らした言葉に激昂され、過剰な反応に動揺する。

「あ、いや、服を脱がされただけだ。パンツは穿《は》いてたし、事後っぽく見せたかったんだと……」

「本当にそれだけですか？」

「あいつらが俺に何かしたいなんて思うわけねーだろ」

「巽さんは自分の魅力に気づいてないんです。もう少し、自分のことを大事にして下さい」

「わ、わかった」

怖い顔で詰め寄られ、こくこくと頷いた。

「すみません、頭に血が上りました。とりあえず、彼らのことは俺に任せて下さい。二度とバカなことをしないよう手を打ちます。二度とあんな目には遭わせないから、安心して下さい」

九条は一先ず冷静さを取り戻したようだが、淡々とした口調が逆に怖かった。

「何をする気だ？」

「いまはこの話はやめときましょう」

「いや、しかし――」

「巽さんは俺のことだけ考えてて下さい」

「九――ンぅ、んん、ん……っ」

キスで口を塞がれる。口づけは荒々しく、何もかも奪い去っていきそうなほどだった。

貪られている唇は熱を持ち、痺れてくる。呼吸の苦しさに思わず喘《あえ》ぐと、九条の舌が中に入り込んできた。

「……ッ」

舌がぬるりと擦れ合った瞬間、ぞくぞくと背筋が震えた。思わず舌を引こうとすると、力任せに絡められた。ろくに息継ぎもできないほど激しく口腔《こうこう》を犯され、体が熱くなっていく。

キスをしているという事実だけで気が遠くなりそうなのに、絡まる舌の感触に体中の細胞が蕩けていく。

（上手すぎるだろ……っ）

慣れないキスに唾液を上手く飲み下せず、口の端から伝い落ちていく。唇をようやく解放されたときには舌は痺れ切っていた。

「ちょ、ちょっと待て……」

少しセーブしてもらえればと口を開くと、自分でも驚くくらい舌足らずになっていた。

「待てないって云ったでしょう。こんなに余裕ないのは初めてです」

「ていうか、俺が抱かれるほうなのか？」

「逆がいいですか？」

「い、いや、お前の好きなほうで構わんが……」

「なら、好きにします」

いつもは穏やかな紅茶色の瞳に獰猛《どうもう》な色が混じっている。九条は繋いでいた手を解き、シャツを乱暴に脱ぎ捨てると、巽の何もない胸を撫で回し、硬くなった小さな尖《とが》りを摘み上げた。

「あっ、痛」

普段はまったく意識しない場所なのに、指の間で捏ねられるとぞわぞわとした感覚が生まれる。

「ん、んんっ、んー……っ」

九条は二つの胸の尖りを捏ね回しながら、再び巽の唇を奪う。キスも手の感触も、与えられる刺激の何もかもが気持ちいい。

九条が自分に欲情してくれているということが堪らなく嬉しい。

飽きることなく続けられる口づけに息苦しくなってくる。

やがて九条の手は下のほうへと移動していく。ベルトを外され、ズボンを押し下げられる。

手は下着の中に入り込み、巽の尻を鷲摑《わしづか》んだ。女性のような柔らかさはないというのに、大きな手で揉みしだかれる。

「うん、う、んん」

下着の中で張り詰めた股間を太腿で擦られる。先端から溢れた体液が下着に染みていくのがわかる。

「ぷはっ……」

息苦しさで意識が霞《かす》みかけた頃、ようやく唇を解いてもらえた。酸素を求めて、大きく息を吸い込む。

「九条、ちょっとは手加減、してくれ……初めて…なんだ……」

再び唇を封じられる前にと、息も絶え絶えに訴えた。

「巽さん、可愛いこと云わないで下さい。そういうのは逆効果だって覚えておいて下さい」

「お前、趣味が悪いって云われないか……？」

「そんなことないですよ」

「あ……っ」

九条は巽の耳朶《じだ》に歯を立てたあと、首筋に唇を滑らせる。皮膚を吸い上げられると、チリッと痛みが走った。

「シャワー、浴びるって……っあ、ああ！」

「そうでしたね」

浴室に連れ込まれ、シャワーのコックを捻られる。頭上から冷たい水が降ってくる中、噛みつくようなキスに翻弄される。

「んん……っ」

ズボンも下着も蹴り落とされ、足の間に膝を入れられる。腰を寄せられると、濡れたズボンごしに張り詰めた九条の欲望の硬さが伝わってくる。

九条の白くて長い指が巽の昂《たかぶ》りに絡みついた。すでに反応しかけていたそれは長い指に握り込まれただけで、呆気なく限界まで硬くなった。

「ン、う、ぅん」

執拗《しつよう》に弄られる性器は腫れぼったくなっていき、先端からはとろりとした体液が溢れ出ている。窪《くぼ》みを爪で引っ掻くように刺激された瞬間、達してしまった。

「ぁあ……っ」

飛び散った白濁が九条の服を汚している。肩で息をして呼吸を整えると、少しずつ冷静になってくる。

巽はほぼ全裸なのに対し、九条は上を脱いだだけだ。自分だけがあられもない格好になっていることが恥ずかしい。

「――俺にも、触らせろ」

「巽さんもしてくれるんですか?」

「俺ばっかり不公平だろ」

緊張に震える指先で九条のベルトをゆるめ、ホックを外す。ファスナーを下ろして下着を押し下げると、想像以上に張り詰めたものが現れた。

優美な容貌とは裏腹に雄々しい昂りに、思わず喉を鳴らしてしまった。

「触ってくれるんじゃなかったんですか？」

「黙ってろ」

恐る恐る手を伸ばし握り込む。直《じか》に触れるそれは想像以上に熱くなっていた。人のものを触るのは初めての経験だが、自分のものを高めるときと同じようにすればいいはずだ。

全体を擦るように指を動かしたら、九条は一瞬息を詰めたあと、艶《なま》めかしい吐息を零した。

「もっと強くして下さい」

「こ、こうか？」

「もっとです」

九条はもどかしくなったのか、巽の手ごと二人ぶんの屹立《きつりつ》を握り込み、力任せに上下させる。

「あっ、あ、あ」

敏感な性器同士が擦れる感触が堪らず、自分のものとは思えないような声が押し出される。巽のそれは浮き立つ血管の存在が感じられるほどに育っていた。

（さっきイッたばかりなのに）

どうしようもない気持ちよさに酩酊する。何気なく九条の顔に視線を向けると、快感を堪えた辛そうな顔をしていた。

こいつもこんな顔をするのかと不思議な気持ちで見つめていると、視線に気づいた九条がこちらを見た。

見ていたことが何となく気まずくて目を泳がせると、九条は薄く笑って囁いた。

「想像して下さい。これがあなたの中に入るところを」

「……っ」

囁かれた瞬間、カッと顔が熱くなり、再び達してしまった。

二人ぶんの白濁が二人の手を濡らす。云われたとおりに想像したせいで果ててしまったなんて恥ずかしすぎる。

九条の肩に頭を乗せて羞恥に耐えていたら、あらぬ場所にぬるりとした感触がした。

「な、何だ⁉」

「そのまま意識飛ばしてて下さい」

「そんなこと云われても――ひぁ……っな、何だ？」

「準備してるんです。慣らさないと痛いだろうから」

ぬるぬると窄まりの入り口を撫でられ、歯を食いしばる。少し強く押された瞬間、指先が中に入り込んだ。

「ぅあ……っ」

九条の長くてしなやかな指は躊躇いなく奥へと入り込む。ぐりっと内壁を押された瞬間、軽く達してしまった。

奥まで入れられ、抜き差しをされる。入り口を関節が出入りするたびに中が勝手に締まってしまう。

「う、く……」

零れそうになる喘ぎ声を堪えようと唇を噛み締める。自分の中を探られる違和感と快感でわけがわからなくなっていく。

男同士でそこを使うことは知識としてはあった。だけど、実際の生々しさは恥ずかしいだけでは云い表せない。

執拗な抜き差しに気が遠くなりかけた頃、耳元で吐息混じりの告白があった。

「すみません、もう我慢できない」

「え？　あ……!?」

九条は中から指を引き抜くと、鮮やかに巽を反転させた。その慣れた手つきに胸がちりっと痛んだけれど、いまは過去に嫉妬している場合ではない。

そんなふうに意識が全然違うところにいっていた一瞬のうちに、九条のそれがあてがわれていた。

「俺のものにしますから」

「待っ――――」

有無を云わせない物云いと共に凶暴に猛《たけ》った怒張が押し込まれる。容赦なく貫かれ、痛みと圧迫感で目の前に火花が散った。

繋がりが馴染むのも待たず、そのまま奥まで押し込もうとしてくる。

「キツいな」

「……く……」

言葉にならない感覚に体を強張《こわば》らせていると、九条は巽の腰を押さえ込み、ぎりぎりまで自身を引き抜いた。そして、抜け出る寸前に押し戻してくる。

「あぁあ……っ」

内壁を擦り上げられる感覚に泣きそうになる。痛くて苦しいのに、怖いくらいに気持ちがいい。初めて知る快感に、頭がおかしくなりそうだった。

深い突き上げは、やがて律動に変わっていく。衝動のままがくがくと揺さぶられ、感覚がついていかない。それでも、巽の体は律動に合わせて揺れた。

「あっ、あ、あっ……!?」

激しい揺さぶりに繋げられた体が一つに溶け合っていくような錯覚を覚えた。

「あ、ア、あ……っ」

「恭平さん」

もうダメだ――そう思った瞬間、不意に名前を呼ばれた。

「……っ」

甘く掠れた九条の声に、高みから突き落とされる。巽は声にならない声を上げ、終わりを迎えた。

俺のものにするという宣言のとおり、九条は巽の初めてを奪っていった。

バスルームから寝室に移動したあとも責め立てられ、そろそろ夜も明けそうだ。一歳しか違わないのに、この体力の差は何なのだろう。

「大丈夫ですか？」

ベッドでぐったりとしている巽に、九条は心配そうに問いかけてくる。

「……大丈夫に見えるか？」

恨みがましく睨めつけると、その表情に苦笑いが混じった。巽に無理をさせた自覚はあるのだろう。

「ですよね。すみません、歯止めが利かなくて。水、飲めますか？」

「そこに置いといてくれ」

いまはベッドから起き上がる気力もない。涼太を迎えにいく時間までには復活できるといいのだが。

「喉がガラガラだから、飲んでおいたほうがいいですよ」

「誰のせいだと……」

「俺のせいです。責任を持って飲ませてあげましょうか？」

「自分で飲む」

九条の仕草から口移しをしようとしていることがわかり、慌てて起き上がり、ペットボトルを奪い取った。

酷使された腰が悲鳴を上げかけたけれど、耐えられないほどではない。思っていたよりも喉が渇いていたようで、半分ほど一気に飲んでしまった。

「……お前、ずいぶん手慣れてたな。本当に男の相手初めてだったのか？」

「そうですけど」

「本当かよ」

俄《にわか》には信じられない。まるで男の体を知り尽くしているかのような手腕だった。

「でも、イメトレはしてました」

「はあ!?」

とんでもない発言に大きな声が出てしまう。

「巽さんは想像していた以上に可愛かったですけど」

「ヘンな想像してんじゃねーよ!!」

九条の頭の中で何をされていたのか、怖くて訊ねられない。

「初めてだと思えないくらい気持ちよかったですか？」

「そういうことをはっきり訊くな……！」

デリカシーのない発言を叱るけれど、九条は気にする様子もない。

（感情の機微を教えるべきか……？）

ベッドに突っ伏し、内心で頭を抱えるのだった。

11

手書きの招待状を手に、地図に書かれた場所へと向かう。目的地は九条のマンションだ。今日は九条が、涼太の誕生日を祝うパーティーを彼の部屋で開いてくれるというのだ。

招待状を受け取った日から、涼太は毎日そわそわとして今日が来るのを待ち侘《わ》びていた。

「ドキドキするね！」

「そうだな」

今日は日が昇る前から起き出し、早く準備をしようと巽を急かしてきた。招待は十時だろと何度も云い聞かせるのが一苦労だった。

一番のお気に入りの服を着て、髪も軽くセットした。精一杯背伸びをする様子が微笑ましくてゆるみそうになる口元を引き締めるのに苦労した。

「ここがゆーじんのおうち？」

「ああ、そうだ」

九条のマンションまでは涼太の足で十五分ほどかかった。見上げると首が痛くなりそうな高層マンションに、涼太は呆気に取られている。

「きょーへーはきたことあるの？」

「い、一度だけな」

涼太の無邪気な問いにぎくりとする。以前来たときのことを思い出し、ぶわっと体が熱くなった。悪いことをしたわけではないけれど、何となく後ろめたい。

「どんなごちそうがあるのかなぁ」

「涼太の好きなハンバーグはあるんじゃないか？」

「あるといいね！　おれ、ゆーじんのハンバーグすきなんだ」

「知ってる」

涼太の手を引いて、エントランスに入る。黒で統一された内装が格好よく見えるようで、興奮した様子であちこちを眺めている。

「ここどうやってあけてもらうの？」

「ウチと似たようなもんだ。部屋番号を押してから、このボタンを押せばいい」

床の一部が迫り上がったようなデザインの大理石の台の上にインターホンのボタンがある。

「おれがやっていい？」

期待に満ちた眼差しに見上げられる。子供の頃はどうしてこんなにボタンを押すことが楽しいのだろうか。

「ああ、７０１号室だぞ」

「おっけー」

巽が涼太を抱き上げて、ボタンを押させる。数字を押してインターホンを鳴らすと、すぐに九条が応答した。

『はい、どちらさまですか？』

向こうからはこちらの姿がカメラごしに見えているはずだ。涼太のために敢えて訊ねてくれているのだろう。涼太はしゃちほこ張って名乗る。

「たつみりょうたです」

『おはよう、涼太。いま開けるから上まで上がってきてくれるか？』

「わかった！」

エントランスのオートロックが解除され、スライド式のドアが開く。先日とはまた違った緊張感でエレベーターホールに足を踏み入れ七階に上がり、九条の部屋に辿り着いた。

「いらっしゃいませ」

「おまねきありがとうございます」

涼太は家で練習してきたお礼の言葉をたどたどしく告げながらぺこりと頭を下げる。その微笑ましい仕草に、大人二人で目を細める。

「どういたしまして」

「あっ、おれのえがかざってある！」

「いい絵だからな。また描いてくれるか？」

「いいよ！」

招き入れられたリビングには花が飾られていて、テーブルには食べ切れないほどの料理が載っている。

「すごい！」

手作りと思しきデコレーションケーキまであり、涼太のテンションは一気に最高潮まで上がった。大はしゃぎしている涼太に聞こえないよう、九条は巽に耳打ちしてくる。

「例のあれ、入手できました」

「本当か!?　ありがとう、助かったよ」

〝あれ〟というのは、ヒーローの変身ベルトだ。巽が探し回っても見つからなかったものを手に入れるなんてさすが九条だ。感謝してもしきれない。

「喜んでもらえるといいですね」

「俺たちからってことでいいか？」

「巽さんからのプレゼントって云ったほうが喜ぶんじゃないですか？」

「でも、見つけてくれたのはお前だろ。それに二人からのほうが喜ぶと思う」

これを渡したら、涼太のテンションはさらに上がるだろう。食事をしてからにしたほうがいいかもしれない。

「それにしても、すごいご馳走だな」

涼太の好物がこれでもかとテーブルに載っている。オムライスにハンバーグ、巽には作れなかった姉のレシピによるグラタンもある。

九条がいくら料理好きだといっても、これだけ用意するのは大変だっただろう。

「本当にありがとな。作るの大変だっただろ」

「ちょっと張り切りすぎた気もしますが、あなたの恋人になれたお祝いも兼ねてますからね」

「なっ……」

想定外の答えに赤くなると、九条は自然な仕草で片目を瞑《つぶ》って見せる。気障な仕草が嫌みなく似合ってしまうところが憎らしい。

「涼太には俺たちのこといつ云いましょうか？　恭平さん」

「……ッ!?」

囁くようにこっそりと告げられ、巽は焦りまくった。

「い、いくらなんでも涼太に云うのは早すぎるだろ」

「そうですか？　隠しごとは隠してる期間が長いほど話しにくくなりますよ」

「いや、しかしな……」

「聡《さと》い子ですから、すぐ気づかれると思いますよ」

「なんのはなし？」

「うわっ、脅かすなよ涼太！」

はめ殺しの窓から景色を眺めていたはずの涼太が、気づいたらすぐ背後にいた。九条はしゃがみ込み、涼太と同じ目線になって告げる。

「俺と巽さんがおつき合いするようになったことをいつ涼太に話そうかって相談してたんだ」

「九条……!?」

あっさりと暴露され狼狽える。涼太の反応をびくびくしながら見守っていたけれど、驚いた様子は欠片《かけら》もなかった。

「なーんだ、そのことかあ」

「え？」

「そんなことよとっくにしってるよ。ふたりとも、ないしょにしてるつもりだったの？」

「………………」

大人二人よりも涼太のほうが一枚も二枚も上手《うわて》だったようだ。

「ゆーじん、おなかすいた！」

「じゃあ、早速お祝いを始めましょうか」

「やったー！」

呆気に取られている巽を残し、二人は先にテーブルに着く。

「きょーへーもはやく！」

「巽さんも早く座って下さい」

食事の並んだテーブルから二人が振り向いて自分を呼んでいる光景に、何故だか胸が熱くなる。

「……俺も腹減ったな」

「いっぱいあるから遠慮なく食べて下さいね。でも、まずはこれですね」

九条は高そうなシャンパンフルートに涼太でも飲める炭酸のジュースを注ぐ。普段は目にしないような豪華な食器に涼太は目を輝かせている。

庶民の巽は、万が一のときに弁償できる額であることを祈ってしまう。

「それじゃあ、いいですか？　乾杯！」

「乾杯」

「かんぱーい」

三人でノンアルコールの炭酸を注いだグラスで乾杯する。巽は涼太の健やかな成長と、九条の幸せを心から願った。

ヤキモチ

(何だこのアイドルのPVみたいなノリは……)

現在、このスタジオでは自社の商品を紹介するCM撮影が行われている。企画を主導した営業部の人間として立ち会うことになったのだが、場違い感は否めない。

今年度からユーザーに親近感を覚えてもらおうという方針を打ち出した。その一環で一般から〝あなたの夢〟を募るキャンペーンを行うことになったのだ。

その〝夢〟を社員が実現しようと奔走する。そういう企画で、参加社員も募集するのだ。予算は営業部と広報部で持つけれど、どの部署の所属でも立候補は可能だ。

ヒーローになりたいとか焼き肉食べ放題とか様々な〝夢〟が集まった。その中で一番多かったのは、なんと広報部の九条《くじょう》が出演するテレビCMだった。

彼と休日を一緒に過ごしているような映像が見たい、というリクエストがやたらと多かったのは、どう考えてもファンの組織票だが、希望者が多いことは事実だ。

九条は広報部の一社員であるのだが、その類稀《たぐいまれ》な容姿を買われて我が社のアイコンの役目も担っており、社内外にファンが多い。何を隠そう自分もそのうちの一人だった。

イギリス人の母親の血のせいか彫りの深い甘い顔立ちをした彼は、スタイルもよく仕事もできる絵に描いたような〝イケメン〟だ。

社内には隠れファンクラブもあるとかで、最近行動を共にすることの多い巽《たつみ》には嫉妬丸出しの態度を取る社員も少なくない。

応募されたリクエストを社内での立候補者が実現するというマッチングが行われた結果、今回のCM映像が作られることになったわけだ。

テレビでも流れるけれど、自社のホームページではロングバージョンがアップされることになっている。

担当の女性陣も前のめりで内容がまとまっていった。恋人同士が休日を自宅で過ごすという設定で一連の映像を撮っているのだが、想像していた以上に甘い空気を醸し出している。

流れの中で自然に自社の商品を登場させているのだが、主演の存在感に商品が負けている。

「あ〜やっぱりカッコいい〜。目の保養だなぁ」

「……そうですね」

巽の隣でうっとりとしているのは、直属の上司である山田《やまだ》だ。彼女の意見には全面的に同意だが、彼の魅力をただ堪能している心の余裕はいまの巽にはなかった。

「何その反応。自分は見慣れてるって云《い》いたいの？　最近、九条くんと仲いいからって自慢したいわけ？」

「い、いえ、そういうわけでは……」

彼女も九条のファンクラブの一員なのかもしれない。

立ち会いを希望する女性社員はたくさんいたけれど、収拾がつかなくなったため、部長の一存で自分にお鉢が回ってきたのだが、誰かに代わってもらったほうがよかったかもしれない。

（あっ、おい、そんなに触る必要はないだろ……！）

何故《なぜ》こんなに苛《いら》ついているかというと、主演している九条が自分の恋人だからだ。

以前なら彼のＣＭ撮影に立ち会えるとなったら、諸手《もろて》を挙げて喜び、彼が誰とイチャつこうが気にはならなかっただろう。

だが、一応いま現在彼の恋人は自分だ。未《いま》だに信じがたい気持ちはあるけれど、間違いない。だからこそ、相手役の女性が親しげに振る舞うたびに落ち着かない。

仲睦《なかむつ》まじげなやりとりは演技なのだとわかっていても、平静ではいられなかった。

「ねえ、それどんな味？」

「味見してみる？」

彼が新商品の缶を渡すと、女性はそれを飲み干した。本来なら間接キスにドキドキするシーンなのだが、巽としてはこれ以上耐えられなかった。

「……すみません、俺外にいます」

「えっ、ちょっと！」

上司の呼び止める声に振り返る余裕もなく、巽はスタジオの外へと逃げ出した。

一人になれる場所を探して、トイレに駆け込む。あとで出ていった理由を訊《き》かれたら、生理現象だったとでも云えばいい。

撮影が終わるまで、ここで時間を潰していることにしよう。中の様子が気にならないわけではないけれど、あのまま他人とイチャついている九条を見ているのは辛《つら》すぎる。

白い内装に明るい照明のせいで、鏡にはくっきりと自分の顔が映っていた。嫉妬や卑屈さがない交ぜになった嫌な顔をしている。

「ひでー顔だな……」

憧れと恋愛は違うのだと思い知る。一方的に見つめているだけのときは、こんな感情を抱くことはなかった。彼が振り向くことも、想いを寄せてくれることもびた一文期待していなかったからだ。

ため息をついていたら、トイレのドアが開いた。こんな顔でいたらテロでも起こすのではと誤解されそうだ。表情を取り繕おうとしたけれど、入ってきた相手に目を瞠《みは》る。

「ああ、ここにいたんですね。巽さん、大丈夫ですか？」

「九条!?　お前撮影中だろ！」

想定外の人物の登場に思わず声が大きくなる。

「トイレ休憩くらい許されてますよ。ていうか、青い顔で急に出ていくから心配したじゃないですか。体調悪いんですか？」

「別に、そういうわけじゃない」

顔を覗《のぞ》き込んでくる九条から視線を逸《そ》らす。いつも格好いいけれど、今日は撮影用に整えられた髪型だとかツボを擽《くすぐ》る服装だとかで余計にドキドキしてしまう。

「確かにトイレに急いでたってわけじゃなさそうですね」

「お前もな」

こういうときに冷静な観察眼を発揮されるのも困る。

「山田さんと何かあったわけじゃないですよね」

「あるわけないだろ」

九条のせいで当たりが強いけれど、あれはいつものことだ。子供じみた感情に左右されて撮影の様子を見ていられなくなったなどと本人に告《つ》げるのは気まずく、黙り込むことしかできなかった。

「じゃあ、本当にトイレに行きたいだけだったんですか？」

「そうだよ」

「違うって顔してますけど。あ、もしかして嫉妬してくれてたとか？」

「！」

軽口のつもりだったのだろう。動揺した巽に、九条も驚いていた。

「当たりですか？」

「……嫉妬したら悪いか」

「悪くないです。めちゃめちゃ嬉《うれ》しいです」

屈託のない笑顔を向けられ、心底居たたまれない。いっそ笑い飛ばしてくれたほうがずっとありがたいのだが。

「正直、俺もちっとも楽しくないですけど、巽さんが嫉妬してくれたなら引き受けてよかったな」

「何云って……」

リップサービスだと思うが、こういうことを云われ慣れてないせいでドギマギしてしまう。顔が赤くなるのを止められない。

「実は俺も相手が巽さんならもっと気分が出るのになって思ってたんですよね。そうだ、いまから変えてもらいませんか？　相手役は顔出てないし、恥ずかしくないですよ」

「何云ってんだ無理に決まってるだろ!!」

同性カップルという設定もありかもしれないが、そこに自分が出演するなんて演技力的にも社内の評判的にも考えられない。

「何でですか？」

「俺に演技なんてできないし、いきなりお役御免なんて仕事で来てもらった役者さんに失礼だろ」

「それはそうですね」

「そもそも、主演の意向で勝手に配役を変えられるか」

「ですよね」

わかっていての戯《ざ》れ言《ごと》だったようだ。

「早く戻れ。みんなを待たせてるんだろう」

「わかりました。でも、その前に俺の気分を盛り上げる協力をしてもらえませんか？」

「協力？」

「こういうことです」

「へ？」

自然な動作で腰を抱き寄せられたかと思うと、唇を塞《ふさ》がれた。

「!?」

反射的に逃げかけたけれど、すでに距離が近くて突き飛ばすこともできない。当たり前のように舌が入り込んできた。

「……!　……!?」

腰を抱かれて強く引き寄せられる。九条は軽いもので終わらせる気はないらしく、傍若無人に口腔《こうこう》を荒らしてくる。

九条の舌にはベリーの甘さがほんのりと残っている。さっき、間接キスの演出に使われた新商品の味だと気がついた。

「んぅ、ン、んん……!」

ＴＰＯを考えろと云いたいけれど、どう考えてもそれは叶《かな》わない。ざらりと舌が擦《こす》れ合うたびにぞくぞくと背筋が震える。

甘い震えは腰を砕き、膝《ひざ》からも力を奪う。不安定な体をすんでのところで洗面台に手をついて支えた。

誰かが入ってきたらという不安はキスの快感で薄れていった。

もっと欲しい――そんな欲望に突き動かされて、自分からも求めてしまう。こんなところで何をやっているのかという気持ちは僅《わず》かに残ってはいたけれど、いまはキスのことで頭がいっぱいだった。

「ふ、はっ……」

理性が飛びかけた頃、ようやく巽の唇は解放された。

「ごちそうさまです」

キスの余韻にぼんやりとしていた巽は、九条のその言葉に我に返った。

「お、お前な……っ、ここがどこだと……！」

いまさらだが、息も絶え絶えに抗議する。トイレに他の誰かが入ってきていたら云い訳のしようもなかった。反省を促すつもりで睨《ね》めつけたけれど、全く気にする様子もない。

「巽さんも乗り気だったじゃないですか」

「そ、それは――」

快楽に流されてしまったことは事実だ。それに、あの撮影の中で自分のことを考えてくれていたということが嬉しくてつい応じてしまった。

「本当はいますぐ抱きたいけど、これで我慢しておきます」

「な……っ⁉」

耳元で囁《ささや》かれた言葉に息を呑《の》む。キスで熱くなった体がそれ以上に沸騰する。

「補給もできたので、先に戻りますね。大丈夫そうなら、撮影見にきて下さい」

バチッと音がしそうなくらい見事なウインクをされ、胸を撃ち抜かれた。顔も体も熱いし、心臓の鼓動も不自然に速い。当分、スタジオには戻れそうになかった。

あとがき

初めまして、こんにちは。藤崎《ふじさき》都《みやこ》です。

このたびは拙作をお手に取って下さいましてありがとうございました！

現在、夏を目前にしとしととしたお天気が続いてまして、日課の犬の散歩も一苦労です。傘が必要ないくらいの霧雨《きりさめ》でも外出を拒否するので、宥《なだ》めすかしたり途中まで抱えていったりしてどうにか歩かせています。

普段は積極的に散歩に連れてけと主張するんですが、ちょっとでも雨の匂いがすると大人しくて笑ってしまいます。

もうすぐ梅雨《つゆ》も明けるとは思いますが、お散歩の時間だけでも雨が止《や》んでくれるよう祈る毎日です。


さて、今回はストーカーな強面《こわもて》受とキラキラな王子様攻のお話でした！

ギャップ萌《も》えの一環かと思うのですが、男らしいキャラが繊細でネガティブだったり、キラキラした王子様的イケメンが大胆で大雑把だったりと見た目のイメージが逆転してるカップリングが好きでして、巽《たつみ》と九条《くじょう》はそんな萌えから生まれました。

人を好きになるきっかけがドラマチックなことって、実際には滅多にないのではと思います。

日常のふとした行動だとか、些細《ささい》な言葉だとか、そういったことで積み重ねられていったり、その人のいいところに気づいたりするんじゃないかなあと思いながら二人のやりとりを書いてみました。

ただ、それぞれのネガティブ思考とポジティブ思考のせいで空回りしまくる二人でして、とくに巽の罪悪感が強くてなかなか前向きになってくれなかったのですが、担当さんのアイデアでちびっ子に間に入ってもらったら、ほんわかした雰囲気になってくれました！

そのせいで自宅ではイチャイチャしにくいのですが、人目《ひとめ》（甥《おい》の目）を盗んでイチャつくドキドキ感は増したかもしれません(笑)。

本人たちは隠してるつもりでもバレバレなような気もしますが……。

家だけじゃなく会社でも、みんな気づいてるんじゃないかと思うんですよね。巽の場合、顔には出なくても態度がぎくしゃくしてそうだし、九条はあからさまに優先度合いが上がっていそうです。

本人たちが隠しているつもりみたいだから、知らないふりをしてくれているのかもしれません。

無意識に惚気《のろけ》たりすると周囲に冷たい態度を取られたりするけど、自覚がないから困惑したり……面倒くさいカップルですね！

そういう面倒なところが書いていて楽しかったりもするのですが。また機会があったらもっと二人の日常を書いてみたいです。


ええと、少しお知らせもさせて下さい。リンクスロマンスさんからは昨年に『竜人は十六夜《いざよい》に舞い降りて』という作品を出していただいております。異世界からやってきた竜人と真面目なサラリーマンが出逢《であ》う微ファンタジーでして、少し毛色の違う作品ですが、こちらもどうぞよろしくお願いします！


最後になりましたが、素敵なイラストを描いて下さいました円之屋穂積《まるのやほづみ》先生、本当にありがとうございました！

イメージしていた以上に巽を爽やかな男前にしていただけて嬉《うれ》しかったです！　九条も美人でカッコよくて眼福ものです。

お世話になりました関係者の皆様にもお礼申し上げます。

そして、この本をお手に取って読んでいただいた皆様にも改めて感謝を。ありがとうございました！

差し支えなければ、感想など聞かせていただけると嬉しいです。
それでは。またいつか、どこかでお会いできますように！

二〇一九年七月

藤崎都

LYNX ROMANCE

小説原稿募集

リンクスロマンスではオリジナル作品の原稿を随時募集いたします。

募集作品

リンクスロマンスの読者を対象にした商業誌未発表のオリジナル作品。
（商業誌未発表のオリジナル作品であれば、同人誌・サイト発表作も受付可）

募集要項

＜応募資格＞

年齢・性別・プロ・アマ問いません。

＜原稿枚数＞

４５文字 ×１７行（１枚）の縦書き原稿、２００枚以上２４０枚以内。
※印刷形式は自由。ただしＡ４用紙を使用のこと。
※手書き、感熱紙不可。
※原稿には必ずノンブル（通し番号）を入れてください。

＜応募上の注意＞

◆原稿の１枚目には、作品のタイトル、ペンネーム、住所、氏名、年齢、電話番号、メールアドレス、投稿（掲載）歴を添付してください。
◆２枚目には、作品のあらすじ（４００字～８００字程度）を添付してください。
◆未完の作品（続きものなど）、他誌との二重投稿作品は受付不可です。
◆原稿は返却いたしませんので、必要な方はコピー等の控えをお取りください。
◆１作品につき、ひとつの封筒でご応募ください。

＜採用のお知らせ＞

◆採用の場合のみ、原稿到着後６カ月以内に編集部よりご連絡いたします。
◆優れた作品は、リンクスロマンスより発行させていただきます。
原稿料は、当社既定の印税でのお支払いになります。
◆選考に関するお電話やメールでのお問い合わせはご遠慮ください。

宛先

〒151-0051
東京都渋谷区千駄ヶ谷４−９−７
株式会社　幻冬舎コミックス
「リンクスロマンス　小説原稿募集」係